☆
 ☆
  ☆

第1章

アユとあたし

「きゃーっ！ 宮園(みやぞの)先輩超カッコいい!! 最高っ!! すきっ!! 付き合って!!」
「まーた、やってるよ、美優(みゆ)は……」
　あたし、石田(いしだ)美優は高校２年生。
　今日も昼休みは渡り廊下から、中庭にいる宮園先輩を観察中。
「やっぱり、サッカー部のエースはオーラが違うよね。なにあの広い背中、長い手足、あんな人に抱きしめられてみたいっ！」
「はいはい、がんばって〜」
　あたしの隣で呆(あき)れたようにスマホをいじっているのは、親友の原田絵里(はらだえり)。
　しっかり者だし落ちつきがあって、ロングのストレートが似合う美人。
　たまに毒舌なところもあるけれど、面倒見がよくて姉御肌(あねごはだ)な彼女とは、１年の頃からずっと一緒にいる。
「あっ、佐野(さの)先輩もいる！ 今日はゴールデンコンビ！ あーもう超ラッキ〜！ やばい、写メ撮りたい」
「盗撮はヤメロ」
「えーでも……あーこっち向いた!! どうしよう、目が合った！ きゃーきゃーきゃー!!」
　こんな感じで、いつもあたしはテンション高め。

イケメンに目がないし、見ているだけでドキドキするし、アイドルの追っかけをやってるような感じ？
　とくに年上は大好物で。
　うちの学校はけっこう男子のレベルが高いっていうか、なかなかイケメン揃いだから。
　こうしてお気に入りの先輩を見ているだけで楽しい。
　絵里にはもう呆れられちゃっているけれど……いいじゃんね。
　勉強嫌いなあたしが毎日楽しく学校に通えるのは、コレのおかげなんだから。
「おい、美優……」
　その時、背後から声がした。
　――ピタッ。
　額になにか冷たいものが当たる。
「……うひゃっ！」
「うひゃって、なんだよ。これ買ってこいっつったの、お前だろ」
「あっ、はいはい、そーだった！」
「そこの自販機にねーから、わざわざ学食まで行ったんだぞ。マジだりぃ」
　このふてぶてしいしゃべり方は、顔を見なくともわかる。
　一番仲のいい男友達の渡瀬歩斗で、あたしはアユって呼んでいる。
　すらっとした長身に、ストレートの黒髪、そして切れ長の目にスッと通った鼻筋。

見た目は俗にいうイケメンというやつで。
　さっき英語の小テストで勝負をしたら、奇跡的にあたしが勝ったから、ジュースをおごってもらったんだ。
「わーい！　ありがとう！　アユ」
　ニコニコしながら"特濃いちごミルク"を受け取る。
　このジュースはあたしのお気に入りで、ほぼ毎日飲んでいるもの。
　普通のいちごミルクより、いちごの味が濃くって、すっごくおいしい。
　だけど、なぜか学食の自販機にしか売ってない。
　たまに売り切れちゃうの。
「よかったね。売り切れてなくて」
　絵里が笑う。
「うん、ラッキ〜！」
「つーか指定すんじゃねー。普通のいちごミルク飲めよ、面倒くせぇ」
「なに、アユが負けたくせに〜」
「うるせーよ。いつもは俺が勝ってんだろ」
　こんな感じで、アユとはいつも小テストでジュースを賭けたり、予習を見せてもらったり、一緒に帰ったりしてる。
　こう見えて、実はすごく気が合って。
　友達っていうのは、男女関係ないんだなぁって最近思う。
　アユはちょっと口がわるいけど、本当はいい奴なの。
　１年の時に席が隣になってから、ずっと今でも仲がいい。
「あーいたいた、絵里。またあれか？　美優の先輩観察」

そこに現れたのは、絵里の彼氏の三浦政輝。
　サッカー部所属の彼は、日焼けが似合う爽やかスポーツ男子で、アユの親友でもある。
　しかも親が超金持ちのお坊ちゃんで、アユとは同じ中学出身。
　1年の時、あたしたち4人は同じクラスだった。
　今はあたしとアユがC組で、絵里と政輝がD組、クラスは別れちゃったけど、今でも4人仲よし。
「こりねーよな〜。それより、そろそろ彼氏くらいつくれば？　美優も。こんなことしてないでさ」
　政輝が呆れたように眉を下げて笑う。
「えー？　いつでも彼氏ほしいと思ってるよ、あたし。ただ、なかなかイケメンとお近づきになれる機会がないんだよね」
　そう、つくらないっていうか、できないんだもん。
　だって、イイ男にはたいてい彼女ってもんがいて……。
「アホ。そんなことやってっから、彼氏できねーんだよ」
「んもうっ！　うるさいよ〜、アユは!!」
　そんなあたしを、アユたちはいつもバカにするのだった。
　そりゃ、あたしだって彼氏はほしいよ。
　もう高2だし。
　あたしのイケメンセンサーは常に稼動中だよ？
　でも、それに引っかかるのは90％以上彼女持ちの男なんだよね。悲しいことに……。
　すると、絵里がポンとあたしの肩を叩いた。

「っていうか、イケメンならここにいるじゃん」
　え、どこに……？
　って、絵里が指差したのは目の前のアユ。
「……は？」
「宮園先輩より、歩斗のがイケメンじゃない？　もっと近くの男を見てみたら〜？　チャラ男とか、彼女持ちばっか追いかけても仕方ないじゃん」
　……っ、またまた〜、絵里ったら。
　たしかにね、アユはかなりのイケメンだと思うけど、うちらは全然そういうのじゃないし。
　っていうか、そもそも……。
「えーでも、アユは好きな子いるんでしょー？　それにアユの顔はもう、見あきるくらい見てるからな、あたし」
「チッ、お前な……」
「わっ、舌打ち!!」
「俺だって、お前の顔なんか見あきてんだよ」
「キャー、なんで怒ってんの！」
　そう、アユにはどうやら好きな子がいるらしい。
　誰かは教えてくれないんだけど。
　1年の時からずっと、本人と政輝が言ってる。
　政輝は誰か知ってるみたいなんだけどね。
「お前ら、ホント相変わらずだよな〜。でもまぁ俺も、美優は男見る目ないと思うわ」
「えっ、政輝まで！　ひっど!!」
　またしてもバカにされてしまった。

なんなのよ〜、みんなあたしのこと、見る目ないとか、バカとか、仕方ないとか言っちゃってさぁ。
　あたしはべつに、今のままで楽しいし、これでいいんだってば。
　イケメンウォッチングのなにがいけないの？
　その時、渡り廊下を３年生の集団が通った。
　教室移動なのか音楽の教科書を抱えて、みんなこっちをジロジロ見ている。
　とくに女子たち。
「きゃーっ！　あれ渡瀬くんじゃない!?」
「うっわー、やっぱ超カッコいい！　きゃっ、こっち見た!!」
　どうやらアユのことを見て、騒いでいる感じだ。
　そう、実はアユはうちの学校でも、けっこう人気があるほうで。とくに先輩からの人気はハンパない。
　まぁでも、アユってたしかに顔きれいだし、スタイルもいいし、パッと見でも目を引くくらいのルックスであることはまちがいないけれど……。
「騒がれてるよ〜、渡瀬クン。相変わらず、人気あるね〜」
「うるせ」
　こういうのを見向きもしない。
　愛想笑いもしない。
　むしろ迷惑そうにしちゃってさ。
　社交辞令とか、ファンサービスみたいな精神はないのかなぁって思うんだけど。
　宮園先輩みたいに。

なんてことを考えてたら、中庭にいた宮園先輩たちがポツポツと退散していくのが見えた。
「あっ、やだ、先輩帰っちゃう！　こっち見て、こっち見て……。きゃ———っ!!　先輩っ!?」
　するとまさかのまさか、大好きな宮園先輩が、手を振るあたしに気づいて、手を振り返してくれた。
　やばい……超感激！
　１年生の頃から毎日のように先輩を追いかけて、覚えてもらえるように頑張ったかいがあったかも。
「やだ、夢みたい……。手を振ってくれたぁ」
「あー、ミヤ先輩は女の子が大好きだから……」
　同じサッカー部の後輩である政輝がなんか言ってるけれど、そんなことはどうでもいい。
　だって、あんなキラキラのスマイルを返されたら、もうそれだけで今日一日頑張れちゃうよね。
　ステキすぎるっ！
　だけどその瞬間、そんな幸せの余韻にひたるあたしの腕を、乱暴につかむ奴がいた。
「……帰んぞ、美優」
　なにやら不機嫌極まりない感じのアユ。
　まだ予鈴のチャイムも鳴っていないのに、そのままグイグイと教室のほうまであたしの腕を引いて歩いていく。
「っ、ちょっとぉ……！　えっ、もう帰るの？　ウソ、待ってよ！」
　引きとめても、そんなのは聞いてないって感じで、どん

どん行っちゃうから、あたしはまるで連行されるかのように、しぶしぶアユと教室に戻った。
　……なんなの、もうっ！
　ホント強引で勝手なんだから。
　なぜかアユってあたしに対しては偉（えら）そうで、俺様っぽいところがあるんだよね。
　絵里やほかの子にはそこまでケチをつけないし、命令したりもしないのに、あたしにはやたらとうるさいし、言うことを聞かせようとしてくるし！
　ナメられてるのかなー、あたし。

　帰りのＨＲ（ホームルーム）が終わると、さっそくアユがあたしの席にやってきた。
「なぁ、俺今日ＣＤ買いにいきたいんだけど」
　カバンをドサッとあたしの机の上に置いて、偉そうに首を傾けながら見下ろして。
　こうやって、ほぼ毎日一緒に帰るのは、べつに今に始まったことじゃない。
　帰宅部のアユと、手芸部幽霊（ゆうれい）部員のあたしは、放課後とくに学校に残る理由もなくて、政輝たちの部活がない時以外は、たいていふたりで帰っている。
　ちなみに絵里は美術部。
　最初の頃は、よくみんなに問いつめられたっけ。
　『歩斗くんと付き合ってるの!?』とか。
　だけど、べつにまったくそういう関係じゃないし、普通

に友達だよってことは、説明してもあまり理解してもらえていないようだった。
　ほかの女子からしたら、アユみたいなイケメンと普通に友達でいられる神経がわからないんだって。
『意識しちゃわない？』とか言われるけど、しないから友達なんじゃんね。
　それにアユにはちゃんと、好きな子がいるわけだし。
「あたしも行くっ！　シマシマの新しいアルバム出たもんね！　初回限定ＤＶＤつきでしょ？」
「そ。だから行くぞ」
「はーい」
　軽やかな足取りで教室を飛びだした。

　校舎を出て少し歩く。グラウンドにはサッカー部員がポツポツと着替えを終えて集まってきていた。
　もちろん、あたしはガン見です。
　あーでも残念……宮園先輩はいないや。
　佐野先輩も。
　とたんにショボーンと落ちこむ。
　見たかったのになぁ……。
　なんて思っていたら、隣のアユにいきなりビシッと頭を叩かれた。
「お前、また先輩探してんのかよ」
「……いった〜！　べつにいいじゃん！　なんで叩くの！」
「くっだらねぇ」

またこうやってさぁ、すぐバカにするの。
　あたしの楽しみに文句を言わないでよね。
　アユはホントにねぇ、口わるいんだよ。
　せっかくイケメンなんだから、そのふてぶてしいところをどうにかすればいいのにね。もったいない。
　でも、好きな子には優しくしたりするのかな？
　ちょっと想像がつかないけど……。

　駅ビルのＣＤショップに着くと、ふたりしてまっ先にシマシマのニューアルバムに飛びついた。
「お、ちゃんと２枚あんじゃん」
「っていうか、２枚しかないよ」
「仕方ねぇよ、大御所じゃねーんだから」
「発売日なのにね〜」
　どうやらそこまでメジャーでもない、シマシマのアルバムは、そんなに枚数は置いていないみたい。
　そこがまたファンとしては、自分だけが知ってるみたいな気分になるからいいんだけどね。
「美優も買うの？」
「買うっ！　買いますとも!!」
「じゃあ、ハイ」
　アユがあたしのぶんのアルバムを手渡してくれた。
　貴重な初回限定盤はこれで売り切れ、だったりして。
「もしかして売れちゃったのかな？　少ないってことは」
「だったら、いいけどな」

あ、笑った。
なんだか今日初めて、アユの笑った顔を見た気がする。
べつに笑わないわけじゃないんだけど。
アユは学校だったり、みんなといる時は、たいていふてぶてしくてイジワルだから。
でも、ふたりきりの時は案外そうでもない。
だからムカつくと思いながらも、仲よしでいられるんだけどね。
そもそも、あたしとアユが仲よくなったのは、1年の時に隣の席になったからってだけじゃなくて、シマシマ好きで意気投合したのがきっかけなの。
従姉妹に教えてもらった、このバンド。
ちょっとマイナーだから、周りに知っている人があまりいなくて、語りあえる相手というのは、お互いに貴重な存在だった。
そして、このCDショップも、実はある意味思い出の場所で……。
仲よくなったきっかけの場所でもあるんだ。

＊＊

1年生の最初の席替えが行われてすぐのこと。
ドジなあたしは席替えをしてそうそうに、教科書を忘れてしまった。
そしてさっそく、隣の人に借りることにしたんだ。

隣の席になったのは、うちの学年でも断トツでイケメンだって言われている、渡瀬歩斗くん。
　仲よくなれるかも……なんて期待して、ドキドキしながら声をかけた。
「あの、教科書を忘れちゃったんだけど、見せてもらっていいかな？」
　だけど、彼の反応といったら。
　——バサッ。
　あたしが発した言葉に、イエスともノーとも言わず、ただ無言で、教科書を机の上に乱暴に置いただけ。
　こっちを見向きもしないで。
　びっくりした。
　なにこの人、めちゃくちゃ感じわるいじゃんって。
　彼は入学当初から女子にすごく人気があったし、みんなから、『隣の席になれていいな〜』なんて言われて、あたしも最初はラッキーって、思っていたんだけどね。
　現実はそう甘くはなかった。
　だって、無愛想なんだもん。
　冷たいんだもん。
　話しかけても、あまり言葉が返ってこないし、なかなか会話のキャッチボールができない。
　みんなはクールでカッコいいとか言うけれど、いくら顔がよくても、この性格はどうなの？って。
　あたしはこの人とは、絶対に仲よくなれないやって心底思った。

そして、だんだんとイメージが"カッコいい！"から"嫌な奴"にシフトしはじめた頃……。

　いつも行ってるＣＤショップで、ことは起こった。

「あっ」

「……あ」

　ＣＤを取ろうとした瞬間、まるでドラマのワンシーンのように、誰かと手と手がパッと触れあって。

　その相手をおそるおそる見上げると、なんと、それがまさかの渡瀬くんだった。

　こんなところで、遭遇するとは……。

　お互い取ろうとしたのは、残り１枚のＣＤ。

　そう、シマシマのニューアルバムだ。

　ていうか渡瀬くん、シマシマ知ってるとか、レアだし、意外！

　だけど、悲しいことにＣＤは１枚しかなくて。

　これはどちらかが、ゆずるしかない感じ。うーん……。

　あたしは自分もほしかったけど、ここは大人にならなきゃと思って、彼にＣＤをゆずることにした。

「あの……よかったらどうぞ？」

　だけど、それは向こうも同じ考えだったみたいで。

「いや、そっちがどうぞ」

「いやいや、そっちが！」

「いや、べつにいいし。お前が買えよ」

　ふたりしてバカみたいに、どうぞ、どうぞってゆずりあっていたら、途中からおかしくなってきて、思わず笑ってし

まった。
「……ぷっ。あはははは！」
「おい。なに、笑ってんだよ」
「だって渡瀬くんが、めちゃくちゃ遠慮するからさぁ」
　こんなにゆずるって言ってるのに、全然受け取ってくれないんだもん。変なの。
「お前がしつこいんだろ」
「しつこいって、失礼だね～。ゆずってるのに。ていうか渡瀬くん、実はしゃべるんじゃん」
「はぁ？」
「学校では全然しゃべってくれないのにー」
　冗談っぽく嫌味を言ってあげたら、ちょっと気まずそうな顔をしてた。
「うるせぇよ。だって、とくにしゃべることねぇだろ」
「うわっ、ひどっ！」
「……で、どうすんだよ？　お前が買うなら、俺はネットで買うからべつに……」
　って、まだ遠慮するんだ。
　そんな渡瀬くんには、ちょっと、あたしのことを見なおしてもらわないとね。
　だから、彼の手をグイッと引いて、無理やりCDを握らせた。
「は？　おい、お前……」
「いいの、いいの！　あたしはね、同じシマシマ好きに会えただけでうれしいから。ってなわけで、また明日！　感

想聞かせてよ〜！」
　そう言って、そそくさとその場を去ったんだっけ。
　この時はまだ、嫌な奴って印象が残っていたけど、それでも彼がシマシマを好きだというのは新しい発見だった。
　それだけで、センスあるじゃんって、ちょっと見なおしたし。

　——そしてその翌日。
「……はい」
　朝、学校で自分の席に座っていたら、いつもみたくギリギリ登校の渡瀬くんが教室に入ってくるなり、あたしのところまでやってきて、机になにかを置いた。
　しかもよく見ると、それは……ＣＤ−ＲＯＭ？
「えっ？」
　よく意味がわからないまま、彼を見上げると、渡瀬くんは横を向きながらボソッとつぶやく。
「だから……焼いたんだよ」
「……焼いた？」
　なにを!?
「昨日のアルバム！　お前、俺にゆずったから、結局買えなかったんだろ？」
「……っ」
　それを聞いてビックリ。
　なんだ……。
　渡瀬くんって、もっと嫌な奴かと思っていたのに、意外

と優しいんじゃん。
　買えなかったあたしのために、わざわざアルバムをＣＤに焼いてきてくれるなんて……。
　その瞬間、ものすごく感激したのを覚えている。
「う……ウソ。もらっていいの……？」
　おそるおそる尋ねたら、彼はやっぱり横を向いたままで。
「だから……お前にやるって言ってんだろ」
「うそ〜……ありがとう。渡瀬くん神！　最高!!　大好き!!」
「やめろ、声でけーよ」
　うれしくて、思わず彼の手をぎゅっと握りしめたら、なぜか顔を赤くして困っていた。
　それを見て、思ったんだ。
　この人……実はシャイなだけなのかな？
　本当はいい人なんじゃ……って。
　イメージが完全に上書きされたの。
　そして、この出来事をきっかけに、あたしとアユは少しずつ話をするようになって、いつの間にか仲よくなっていたんだよね。
　今思えば、実に微笑ましいけれど。
　シマシマのことを知らなかったら、きっとアユとはこんなふうに仲よくなれなかったはず。
　ホント、これも縁なのかなぁって思うよ。

＊＊

「……が、俺的には好きなんだけど。って美優、お前聞いてんのか」
「ふふふ、聞いてるよー」
「なに笑ってんだよ」
「えへへ、よくしゃべるなと思って」
「はぁっ？　うるせぇな。お前に言われたくねーよ」
「ですよね」

　お互い無事にアルバム初回限定盤を入手したあとは、近くのカフェでシマシマトークに花を咲かせていた。

　アユって普段はそんなにペラペラしゃべるほうじゃないのに、好きなことになると熱くなってよくしゃべるから、あたしはそれがおかしくて、思わず笑ってしまった。

　だってなんか、かわいいんだもん。

　学校でも、そのくらいしゃべればいいのにって思うよ。

「アユってさぁ……」
「なんだよ」
「好きな子の前では、どんな態度取るの？」

　ふと、気になって聞いてみた。

　っていうか、好きな子が誰なのか、いまだに教えてくれないんだよね。

　誰なんだろ……？

　アユは案の定、は？って顔をしている。

　急に話を変えんなよって感じで。

　でも、あたしはずっと気になっている。アユの好きな子がどんな子なのか。

そして、あたしはどうしてこんなイケメンであるアユのことを、なんとも思わないのかなって。
　不思議なんだよね……。
　好きだけど、べつに恋愛感情とかはないの。
　どちらかといえば、親友に近い感じかなぁ……？
　宮園先輩にはドキドキするのに。
「は？　どんな態度って……知らねぇよ、そんなん」
「やっぱり特別優しくするの？　っていうかどんな子なの？　いいかげん教えてよー」
「ムリ」
「なんでっ……！　ケチ！」
「お前には、教えない」
　……はぁぁ？
　なにそれ、イジワル。
　あたしにはって、なによ。
「え〜じゃあ、ヒントくらい……」
「今のがヒントだよ」
　……え？
　そこまで聞いたところで、アユが立ち上がった。
「つーか、そんなんどうでもいいだろ。行くぞ、腹減った。ラーメン食って帰ろ」
「えっ、待って……！」
　またしても、スタスタと行ってしまった。
　ホントに、すっごいマイペース。
　行くぞってなんだ、行くぞって。

そんなんじゃ、彼女できても愛想つかされちゃうぞ！
　っていうか、なんで彼女をつくらないんだろ。モテるのにね。
　好きな子だって、すぐに落とせそうなもんなのに……。
「ねー、ちょっと待ってよ！　歩くの速いよ！　ホント、アユって……」
　──ピタ。
　すると、言いかけたところでアユが足を止めた。
　うしろを振り返る。
「あーもう、どんくせぇな……」
　そして、呆れたようにため息をついたかと思うと、なぜかあたしの手首をぎゅっとつかんで、そのままスタスタと歩きだした。
　……えっ？　なにこれ……!?
　べつに手を繋いでるってわけじゃないんだけど、繋いでるみたいな……。
　いつものように連れていかれているだけなんだけど……。
　思わずちょっとだけ、ドキッとしてしまった。
　これじゃ、はたから見たら、カップルに見えるじゃんね。
　ってやだ、なにあたし、アユのこと意識してるんだろ。

　そのあと、いつものラーメン屋に着くと、ふたりで同じラーメンを頼んだ。
　いつもの味噌バターコーンラーメン。
　食べものの趣味まで似ている。実は。

たぶんあたしとアユって、なんか波長が合うんだと思う。
　だから、こうしていつも一緒にいるのかな。
　アユだって、あんまり女子と絡むほうじゃないのに、あたしにはよくしゃべってくれるから、それってきっと気が合うと思ってくれているんだよね。
　うん、そう思うことにしよう。
　ちょっとムカつくとこもあるけどね。
「……あ、ねぇアユ……」
　と、あたしが言いかけたところで、アユの箸(はし)があたしの器(うつわ)に入ってきた。
　そしてびろ〜ん、とワカメをつまみ上げる。
「どーもありがと」
「俺はワカメ係か」
「ふふ、そうだよ」
　実はこれはいつものやりとりで……。
　恥ずかしいことにあたし、ワカメが超苦手で食べられないの。
　だけど、大好きなこのラーメンにはワカメが入っていて。
　それをいつも、アユがかわりに食べてくれる。
　アユはワカメが大好きなんだって。
　そのわりには髪の毛細いなぁ……とか思うんだけど。
　初めてここ来た時に、アユに食べてもらってから、習慣みたいになっている。
　意外と面倒見がよくて、優しいんだよね。
　アユは頭がいいから、勉強だって文句を言いながらも教

えてくれるし、帰り道だっていつも送ってくれるし……。
　だからもしアユに彼女とかできたら、こういう付き合いってなくなっちゃうのかな？
　なんて思うと無性に寂しい。
　絵里によく言われるんだ。
　『歩斗に彼女できたら、今みたいには一緒にいられなくなるよ』って。
　あんまり想像つかないんだけど、いつかそんな日が来るのかな。
　あたしはこれからもずっと、こんなふうに仲よくしていられたらいいなって思うんだけど……。
「……なに、見てんだよ」
「いいえ～？」
「はやく食えよ」
「うん、食べてるよ」
　アユがもし女の子だったら、こんなことを悩んだりしないのにね。
　異性の友達ってむずかしい。
　ふとした瞬間に壊れてしまいそうで……。
「なに、考えごとしてんだよ。またあのチャラ男先輩のことか？」
「ちっがうよ～」
「じゃあ、なんだよ。ボケッとしてんな」
「えー、もしアユに彼女ができたら、ワカメを食べてくれる人がいなくなるって思っただけ」

「……は？」
　眉間にしわを寄せて、箸を止めた。
　意味不明って顔をするアユ。
　そりゃそうだよね、またあたし、アユに怒られるような変なことを言ったかも。
「だったら、ワカメ抜き頼めば」
「ですよね」
「……俺に彼女できたら、嫌なの？　お前」
　そう尋ねるアユの顔は、意外にも真剣だった。
　バカにしたような笑みを浮かべるでもなく、呆れてるようでもなく。
　まっすぐにあたしをとらえる、まっ黒な瞳。
「うーん……。べつに嫌ではないけど……」
「あっそ」
　だけど、あたしがあいまいに答えたら、急にまた不機嫌な顔をして、再びラーメンをすすりはじめた。
　今ので会話終了、みたいな勢いで。
　本当にアユって、時々よくわからない。
　わけもなく怒ったり、不機嫌になったりするんだもん。
　なんでかなー。
「わけワカメだよねー」
「つまんねぇよ、アホ」
　でも、それでも居心地いいと思うんだから、きっと気が合うんだよね。
　なにもかも、このままがいいな。

アユとの関係も。
なんでもないようなこの日常が、あたしはとっても好き。

だから来るなっつったんだよ

「ショック……。水沢(みずさわ)先生結婚するんだって〜。先輩……」
「知ってる、ドンマイ。でも、ショック受けたとこで、彼女持ちも既婚者(きこんしゃ)も大差ないよ」
「えー！　ありまくりですよ!!　既婚者はさすがにムリじゃないですか！」
「美優が追いかけてる男は、どうせみんなムリな男ばっかじゃん」
　そう言われると、なにも言い返せないあたしは、ただ今かぎ針で編みもののまっ最中です。
　一緒にいるのは手芸部の３年生、荒木(あらき)ハルカ先輩。
　たまにこうやって顔を出しては、一緒に毛糸でマスコットを編んだりしている。今日はウサギだ。
「いいじゃん、美優にはアユくんがいるんだからさー。今日のアユくん、どうだった？　最近見てないんだけどー」
「だから、アユとはそんなんじゃないんで。今日も元気にしてましたよ。バイト行くって、さっさと帰りましたけど」
「えっ、じゃあ帰り覗いてこーよ！　ウェイター姿のアユくん見たい！」
「またですかぁ〜？」
　ハルカ先輩はアユの大ファン。
　去年文化祭のライブにたまたま出たことから、アユはたちまち上級生の間でも有名になった。

目立つのは嫌いなアユだけど、同中出身の今井先輩に誘われて、バンドのベースを担当。
　もともと友達とバンドをやっていたらしく、なかなか演奏もうまくて、それを見た女子たちはトリコになったとかなんとか。
　うーん……たしかにカッコよかったけどね。
　でもあたしは、反対側でギターを弾いている今井先輩のほうに夢中だったから、あんまり見ていなかったんだよね。
「目の保養だよ、目の保養。美優だっていつもやってんでしょー？　つーか、アンタはなんでアユくんのよさがわかんないのよ！　ホント見る目ないわ」
　またどこかで聞いたようなセリフ。
　あたしの好みはいつも、ことごとく否定される。みんなアユにしろって言うんだけど、なんで？
　あたしはやっぱり年上が好きなんだもん。
　年上の色気にはやっぱりかなわないよ。
「でもバイト先行くと、怒られるんですよー。前だって友達と冷やかしにいったら、『もう絶対来んな！』って言われたし。なんかいつも、あたしだけ怒られるんですよねー」
「それだけ美優には気を使わないってことなんじゃん？　っていうか、あたしもう決めた。このウサギが終わったら、アユくんの店行こーよ。美優も付き合ってよね」
「えぇーっ！　ちょっと待って……!!」
　……というわけで、ハルカ先輩の突然の思いつきで、アユがバイトをしているカフェに行くことになっちゃった。

絶対怒られるよね、あたし……。

　ざわざわと人の多い駅を抜けて、学校とは反対側の出口を下りていく。
　すると、オレンジ色の看板をかかげたおしゃれなカフェが見えてきた。
「来たー！　オレンジカフェ！　ここの制服けっこう好みなんだよね。アユくん、出てくるかな〜」
「やだよー先輩、あたし怒られる……」
「いいから、いいからっ！」
　──ウィーン。
　ドアが開いた瞬間、すごくいい香りがただよってきた。
　店内は白とオレンジで統一されていて、相変わらずとてもかわいらしい。
「いらっしゃいませー。おふたり様ですか？」
　すると、奥からオレンジと白のギンガムチェックのワンピースのような制服を着た、かわいらしい店員さんが登場。
「あ、そうです〜。渡瀬くんの友達なんです、あたしたち。渡瀬くん、いますかぁー？」
　……ゲッ、なに言っちゃってんの。ハルカ先輩。
「あ、そ……そうなんですか！　少々お待ちくださいね！」
　すると店員さんは少し驚いた様子で、でもすぐにアユのことを呼びにいってくれた。
　いや、呼ばなくていいんだけどね、べつに。
「あーもうダメ、あたし絶対キレられるよ……」

「大丈夫だって。店の売り上げに貢献してんじゃん、うちら」
「それ、アユにはあんま関係ないから～」
「あるよー」
　そんなことをふたりでボソボソ話していたら、お待ちかねのアユ登場。
「……いらっしゃいませ。って、お前なにしに来たんだよ」
　きゃー、あきらかに怒ってるんだけど。
　でも、オレンジのラインが入った白シャツに、腰から長い茶色のエプロンというオシャレな制服が、すごーく似合っている。さすが。
「あ、どうもこんにちは～！　手芸部副部長の荒木でーす！」
「どうも……」
「えと……ほら、先輩とお茶みたいな？　アハハ……」
「あっそ」
　いや、お客さんに「あっそ」ってなによ、「あっそ」って。
　思いきり不機嫌そうな顔で、席まで案内してくれた。
「ご注文は……？」
「あたし、オレンジミルクコーヒーのシフォンケーキセットで！」
「え、じゃあ……あたしもそれ……」
「かしこまりました。……あ、お前のぶん、ミントの葉、抜くぞ」
「ん……？」
　いきなりそう言われて、ハッとして、あらためてメニュー

表をちゃんと見てみた。
　写真を見ると、オレンジミルクコーヒーにも、シフォンケーキにも、ミントの葉が添えてあって。
　あたしはミントがダメで、いつもあらゆるメニューで、この葉っぱを抜いてもらっているのを、アユは知っているんだ。
　さすが……。
「あ、うん、そうだね。ありがとー」
　──ベシッ。
「……いった！」
　なぜか手に持った注文伝票で、頭を叩かれた。
　ひどい。なに、この店員……。
「以上でよろしいですか？」
「はーい！」
「少々お待ちください」
　そう言って背を向け、その場を去っていったアユを、ニヤニヤしながら見つめるハルカ先輩。
　なんかもう、怪しいですよ、その顔……。
「なに今の〜。ラブラブじゃーん」
「はっ!?」
　ラブラブって……今のどこを見てそう思ったのか、まったくわからないんですけど……。
　いきなり頭叩かれるんだよ。しかも今、バイト中だよ？
　なんちゅー横暴な店員だって思いませんか、お姉さん！
「だってなんか、お前のことはなんでも知ってるぜって感

じじゃん？」
「はぁ……」
「それに、アユくんはたぶん美優にしか、あーいうことしないよ。あれも愛情表現でしょー？」
「え……そうなんですか？　あれのどこが？」
　いまいちハルカ先輩の言ってることがわかりません。
　ハルカ先輩はアユのファンのはずなのに、どうしてか、いつもこうやってアユとのことを冷やかしてくるし……。
「まぁ、それにしても、相変わらずの毒舌っぷりだね。あのニコリともしない感じ、たまんないわ」
「……はは」
　あたしは思わず苦笑いした。
　そう、アユってあんなに無愛想なのに、なぜか人気があるんだよね。
　最近の女子って、みんなドMなの？
　イケメンでも、口わるいより、優しいほうがよくない？
　爽やかなほうが……。
「あれで毒舌じゃなかったら、もっとモテると思うんですけどねー」
「なに言ってんの。誰にでも愛想ふりまくチャラ男より、ああいうツンデレのほうがかわいいじゃん。わかってないね～」
「えっ、ツンデレ？　アユってツンデレなの？」
　いまいちよくわからないハルカ先輩の好みに、あたしは首をかしげるばかりだった。

ツンデレって、マンガとかではよく見るけど、あたし的には思いきり優しいほうがいいんだけどなぁ……。
　っていうか、アユがデレたとこなんて、まず見たことがないよ。
　好きな子の前では、デレデレだったりすんの？
　いやいや、でもね……。
　その時だ。
　入口のドアから、うちの学校の制服を着た男子生徒がひとり入ってきた。
　カバンを肩にぶら下げて、大股で歩くすらっとしたイケメン。
　……って、あ～～っ!!!!
「おつかれさまでーっす」
　彼はスタスタと奥へ歩いてくる。
「あーあーあーっ!!　先輩ッ、あれ……!!」
　それを見て、あたしが小声で叫びながら大興奮していると……。
「え、なに？　ダレ？　あぁ……」
　そのイケメン男子に、ハルカ先輩が声をかけた。
「あっれー、イマジュンじゃん！　なにやってんの、ひとりで」
　……っ、もしかして知り合い!?
「おぉ荒木か。俺今からバイト。ここでバイトしてんだよ」
「マジで？」
　どうやらそのとおり、彼とハルカ先輩は知り合いみたい。

しかもしかも、このイマジュンとか呼ばれてる男の人、実はあたしも知ってるの！
　だってあの、いつか見た愛しのギタリスト……今井先輩なんだもん！
　これはテンションＭＡＸなんだけど……!!
「あれ、一緒にいんの誰？　うちの学年……じゃないよな」
　ふと、今井先輩があたしのほうをじっと見た。
「あーうん、うちの手芸部の後輩だよ。かわいいでしょー？」
　えっ、ウソ！　やだやだ、紹介されちゃった!!
　どうしよう……。
「マジか！　えーかわいいじゃん。名前なんて言うの？」
　……ちょ、えぇっ!?
　急激に顔が熱を帯びる。
　か……かわいいとか言われちゃった!!
　憧れの今井先輩に……。
　話しかけられたうえに、かわいいだなんて。
「み……美優です!!　石田美優っていいます！」
「へー、ミユちゃんか。俺は今井淳一。ミユちゃんは何年生？」
「あ、２年です！」
「マジ？　２年なんだ。だったら知り合い、いっぱいいるわ、俺」
「そうなんですかー！」
　ヤバイ……！
　なんかもうテンションが上がりすぎて、声がいつもより

２トーンくらい、高くなっているような気がする。
　っていうか、今井先輩近くで見ると、ますますイケメンなんだけど！
　ふわっと無造作に整えた茶色の髪、ゆるく着くずした制服。
　フレンドリーだし、明るいし、おまけにギターもうまいし、もう、こーいう人、超タイプ……。
「……お待たせしました」
　──ドンッ！
　その時、テーブルの上にいきなり、ドリンクが乱暴に置かれた。
　えぇーっ……！　ちょっと、こぼれるし！
「オレンジミルクコーヒーになります……。っつーか先輩、もう６時なんすけど」
　あからさまに不機嫌オーラを発して、今井先輩をにらみつけるその店員は、やはりアユ。
　ていうかオイオイ……なによ、今の置き方は。
　とてもアナタ、接客業をやっている人とは思えないんですが。
「あ、マジ？　俺、遅刻？」
「そう遅刻。ナンパしてる場合じゃないんで」
「ナンパなんて人聞きわるいな〜。　つーかお前、なんでそんなキレてんだよ」
「キレてません」
　しかも先輩に向かって、なんだその態度は！って突っこ

みたくなるくらいに、生意気。
　あたしだったら、こんな後輩、ご遠慮願いたいよ。
　っていうかそうだ。たしかこのふたりは中学からの知り合いで……まさかバイト先も一緒だったなんてね。
　アユと今井先輩って、そんなに仲よかったの？
「そんじゃ俺、着がえてくるわ。またね、ミユちゃん♪」
「あ、はいっ……！」
　すると、今井先輩はあたしに向かってニコッと笑いかけたあと、手を振りながら店の奥へと消えていった。
　あたしは思わず、ドキリ……。
　そんなあたしを横目で見て、なぜか大きなため息をつくアユ。
「……だから、来るなっつったんだよ」
　えっ？
　なんか今、ボソッと言ったよね？
　そして自分も背を向けて、カウンターの向こうへ戻っていった。
　なにを怒ってんだろ。いつにも増して……。
「ふふふ。やだぁ〜、ホントかわいいね、アユくん」
「えっ……!?」
　だけどそれを見て、なぜかハルカ先輩は笑っている。
　しかもかわいいとか、よくわかんないよ。
　あ、でもそんなことより、あたし、今井先輩に名前を覚えられちゃったんだ。
　そっちのほうが、大事件！

「きゃーでも、どうしよう……。憧れの今井先輩としゃべっちゃったぁ〜」
「え、イマジュン？　あぁ、美優ってイマジュンも好きなんだっけ？」
「好きですよ！　超タイプ!!　だって去年の学祭、超カッコよかったじゃないですか！」
「あ〜なんか出てたっけ」
　ハルカ先輩はまったく興味なさげだけど、あたしはもううれしくてニヤニヤが止まらない。
　だって今まで、憧れの先輩を遠くから見てることはあっても、こうやって直接話したりとか、お近づきになれることって、ほとんどなかったんだもんね。
「あたし、バンドマンって大好きなんです！　今井先輩って、フレンドリーで話しやすい人なんですね！　っていうか、ハルカ先輩知り合いだったんですか？　それならそうと、早く言ってくださいよ〜」
「え……知り合いっていうか、同じクラスなだけだよ。イマジュン、イケメンだけど女好きのナルシストだし。だから、あんなかわいいとか真に受けちゃダメ。みんなに言ってるから」
　またまた〜、ハルカ先輩ったら、今井先輩の魅力がわかってないなぁ。
　バンドマンなんて、ちょっとナルシストなくらいがちょうどいいんだって。
　でもまさか、同じクラスだったなんて、うらやましい〜！

遊びにいっちゃお！
「じゃあ、今度ハルカ先輩のクラス、遊びにいきますね！今井先輩目当てで」
「ちょっと美優、あたしの話聞いてる？」
「聞いてますよ～」
　ハルカ先輩はやけに心配そうな顔で見てきたけど、あたしは気にしちゃいなかった。
　べつにナルシストでも、女好きでも、カッコいいものはカッコいいんだから、いいんだもん。
　憧れの人と直接話せた感動ったらないよ。
　さっきから心拍数上がりまくりですから。
「なーに話してんの？」
　すると横から爽やかな声がして。
　ハッとして振り返ると、そこにはまぶしいくらいのオーラを放ったウエイター姿の今井先輩が……。
　キャー！　さっそく着がえてる！
　ステキ……。
「あ、シフォンケーキ来たよ」
「お待たせ、これ紅茶のシフォンケーキな。ミント抜きって、どっち？」
「はいっ！　あたしです!!」
「オッケー」
　今井先輩は左手に２枚持った皿を、そっと１枚ずつテーブルに置いた。
　そのしぐさがとてもスマートで、思わず見とれてしまう。

もう、さっきの乱暴なアユとは全然違うなぁ。
　カフェ店員たるもの、こうでなくっちゃ。
　……なんて思っていたら、その隣のテーブルに同じくケーキを運んでくるアユの姿が。
「お待たせしました。こちら、セットの紅茶のシフォンケーキになります」
　だけどそれは、さっきあたしたちのテーブルに来た時とはまったく違って、とんでもなく爽やかで、まるで別人で。
　え、ダレ……？
「ご注文は、以上でお揃いですか？」
「「あ、はぁーい！」」
「ごゆっくり、どうぞ」
　薄い唇がきゅっと弧を描くように、上品な笑みを浮かべる。
　ただでさえイケメンなのに、そんなホストみたいなキメ顔するとか……。
　席に座っている客の女子高生ふたり組は、目がハートになっていた。
　アユが去ったあと、ふたりで大騒ぎ。
「きゃ———っ！　今の見た？　あの店員さん、超カッコよくない!?」
「ヤバいね〜!!　ここ通っちゃおうかな」
　え、すごい……。
　なんだ、いちおうちゃんと接客やっているんだ。
　——トントン、

するとその時、ふいに肩を叩かれて。
「そうだ、ミユちゃんにはコレ……」
　今井先輩の声に驚いて視線を戻すと、彼はなにやらポケットから紙を取りだして、あたしに手渡す。
　えっ、なにこれ！
「あの、先輩コレは……」
「ん？　俺の連絡先。あとでメッセージ送ってね」
　……ウッソぉ～～っ!!!?
「あ、ありがとうございますっ!!」
　ヤバイヤバイ、なにこれ。
　店員がこんなことしちゃっていいんですか？
　うれしすぎて顔がにやけそうなんだけど！
　こんな展開、まさか予想していなかったよ。
　どうしよ……。
　あたしが興奮しながら先輩の顔を見上げると、先輩は猫みたいな目を細めてニコッと笑った。
　その笑顔に、一瞬で射ぬかれるあたし。
　さらに彼は長い腕を持ち上げて、その手をポンとあたしの頭の上にのせる。
　そして顔を覗きこんで……。
「いえいえ。今度デートしようね、ミユちゃん」
　……きゃああ～～っ!!!!
　心臓が爆発するかと思った。
　いや、した。
　こんな夢みたいなことってあるの……？

憧れの今井先輩に、デートに誘われる日が来るなんて！
　ついに待ちに待った春が来たのかも。
　あたしはポカンと口を開けて、その場に固まる。
「出たよ、イマジュン必殺が……」
　隣でハルカ先輩が渋い顔してなんかつぶやいていたけど、気にしない。
　浮かれすぎてフワフワと、このまま空まで飛んでいっちゃいそうな勢いだった。

じゃあ勝手にしろよ

「どうしよう……。あたし、今井先輩の彼女になっちゃうかもしれない」
　頭の中がピンクのお花畑状態で、あたしは今日も特濃いちごミルクを飲む。
「アンタそれ、思いこみ激しすぎじゃない？　ちょっと誘われたくらいで」
「でもね、メッセージも超マメに返ってくるし、話も超合うんだよ！　好きな映画が似てたりして。これって運命じゃない!?」
　あたしが目をキラキラさせながらそう言うと、絵里は呆れたように、思いきりため息をついた。
「……あのねぇ、だいたい初対面でデートしようなんて男、ろくな奴じゃないから。なんでそういうの、本気にしちゃうかな？　もっと警戒心とかないわけ？　美優は」
　け、警戒心？
　そんなの必要……？
　っていうか、そんなこと言われましても。
「でももう、今度遊ぶ約束しちゃった」
「えっ！　ウソッ!?　もう？　はやっ!!」
「だって、うかうかしてたらほかの子に取られちゃうかもしれないじゃん。先輩モテるんだし」
　そう、迷っている時間なんてないの。

せっかく、このあたしにもチャンスが来たっていうのに、それを恥ずかしいだの、遊びかもだのかんぐって、みすみす逃すわけにはいかないんだ。
　イケメン相手には、ライバルがたくさんいるんだもん。
　だからここぞとばかりに、少しでも先輩との距離を縮めておかなくちゃね。
「大丈夫？　それ。カラオケとかに連れこまれて変なコトされないようにね」
「なに言ってんの〜。大丈夫だよ！　今井先輩、そんなことしないもん」
「どうかな〜？　プレイボーイだってウワサだけど」
　絵里はこう見えてすごくマジメだから、いろいろと心配してくれる。
　だけど、あたしはまったく聞く耳を持てなかった。
　憧れの今井先輩とデートできるってだけで、舞い上がっちゃって。
「……歩斗は？　歩斗はなんて？　同中の先輩なんでしょ？」
「えー、『お前、それダマされてる』って言われたよ？　なんか超イラついてたし。もちろんスルーしたけどね」
「ほら、やっぱり！　やめといたほうがいいって」
「大丈夫だって。アユがバカにするのはいつものことだし」
「それ、バカにしてるんじゃないから。心配してんでしょ！」
　絵里はまたしても深くため息をつく。
　心配してるって……。

でもアユは、いつもあたしが恋バナをしていると、ケチばっかりつけてくるんだもん。
　『あんな奴どこがいいの？』とか。
　だから今回も、予想どおりバカにされちゃって。
　おまけに政輝までやめとけなんて言うから、完全に味方がいない。
　どうしてみんな、あたしの恋を応援してくれないのかな？
　あたしだって人並みに彼氏とかつくって、幸せになりたいのに……。

「ねぇアユ、数学教えて！」
「は？　自分でやれ」
「えーっ！　冷た！」
　休み時間、アユの席まで行って数学の宿題を教えてもらおうと声をかけたら、なぜかご機嫌ナナメで、即断されてしまった。
　なんかアユ、あの日から機嫌わるいんだよね。
　あたしがハルカ先輩とバイト先に行ってから。
　まぁ、来るなって言われたのに行っちゃうあたしもわるいんだけど、そこまで怒らなくてもよくない？
　おまけに今井先輩のことも、文句言うし……。
「ケチ〜」
「やってこないお前がわるい」
「だって、わかんなかったんだもん。わかんなかったらで

きないじゃん」
「淳先輩とくだらねぇメッセージのやりとりばっかしてるからだろ。どうせなら先輩に教えてもらえば？」
　むむむ、なによ、その言い方は……。
　たしかにメッセージ交換はずっとしているけど、それとこれとは関係なくない？
　それに、アユは今井先輩と仲いいんじゃないの？
　なんでそんなにわるく言うわけ？
「……わかった。じゃあ３年の教室行ってくる。当てられそうだから、困るもん……」
　そう言って、クルッと背を向けた。
　もういいよ、べつにアユじゃなくても聞く人はたくさんいるんだし。
　そんなふうにバカにするんだったら、こっちだって。
　だけど、そう思って立ちさろうとしたらいきなり、
「待てよ」
　右手首をギュッとつかまれた。
　驚いて、アユのほうを振り返る。
　するとアユは怒ったような困ったような、なんとも言えない表情で、あたしの目をじっと見た。
「……わかったよ。教えりゃいいんだろ？　仕方ねぇな」
　え……？
　まったくもって意味がわからない。
　だって今自分で、『先輩に教えてもらえば？』とか言ったくせに、結局教えてくれるんだ。

なんだろう、変なの……。
だったら最初から、快く教えてくれればいいのに。
まぁ、教えてもらう側が、とやかく言えることじゃないけどさ。
「ふふ、やっぱりなんだかんだ優しいよね。アユは」
あたしが微笑みながらそう言うと、シャーペンで頭を叩かれた。
「いたっ！」
「うるせぇよ。余計なことしゃべってねーで、問題解け」
「……はぁーい」
だけど文句を言いながらも、ちゃんとわかりやすく教えてくれる。
ホント素直じゃないけど。
口わるいけど。
最終的にはいつも助けてくれるんだ。
そういうところ、やっぱり優しいなぁって思う。
「おい、美優」
あたしが無事問題を解きおえてホッとしていると、答えを確認しながらアユが呼びかけた。
「ん？　なに？　あ、もしかしてまちがってる？」
「いや……合ってるけど。そうじゃなくてお前……」
言いかけて、一瞬黙るアユ。
「……どしたの？」
「淳先輩はやめとけ」
「えっ？」

この期におよんで、まだそんなことを言うんだってビックリした。
　この前話した時も、そんなことを言ってたけどさ。
　でもアユの表情が妙に真剣で。
「大丈夫だよ～。それにまだ、付き合うとか決まったわけじゃないし」
「でもやめとけ。あの人、女グセのわるさハンパねぇし。ふたりきりで会うとか、なにされるかわかんねーぞ」
　……まただ。みんなして同じようなこと言うんだなぁ。
　絵里もそうだけど、どうしてみんな今井先輩のこと、そんなに警戒しているの？
　たしかにチャラいとは聞いたことがあるけれど、あたしがメッセージのやりとりで話したぶんには、全然そんなイメージはなかった。
　むしろ、すごく謙虚でいい人だったし。
　だからそれ、絶対誤解だよ。
　あたしは今井先輩のこと、そんなふうに思いたくない。
　アユだって普段仲よくしてもらっているのに、そんな言い方はよくないでしょ。
「ひどい言い方するねー。アユったら、先輩のことそんなふうに言っちゃダメだよ。仲いいんじゃないの？」
　少なくともあたしの知ってる先輩は、そんなわるい人じゃないから。
「あたしだって、バカじゃないもん。イケメンなら誰でもいいとは思ってないし。いろいろ話してみて、いい人だっ

て思ったから遊びにいくんじゃん。勝手に決めつけて、そんなふうに言わないで」
　なんだか今井先輩を擁護するような言い方になってしまった。
　だけど仕方ないじゃん。
　アユもちょっと言いすぎだと思うし。
　せっかく人が幸せな気分なんだから、そこに水を差さないでほしいよ。
「……っ、勝手じゃねーよ。いろいろ知ってるから、忠告してやってんだろ。なにも知らねーくせに浮かれてるお前がバカなんだよ」
　バ、バカ……？
「もうちょっと人の話を聞け」
「……っ」
　ちょっと、なにそれ。ひどくない？
　人の話を聞いてないのはどっちよ。
「聞いてます～！　アユこそ、人のテンション下げるようなことばっか言わないでよ。いつも文句ばっかり！　べつにあたしが誰とデートしようが勝手じゃん!!」
　しまいには、ケンカをふっかけたみたいな口調になってしまった。
　するとアユはますますイラついた表情で、あたしを鋭くにらみ返す。
「あっそ。じゃあ勝手にしろよ。あとで泣いても知らねーからな」

「はい、勝手にしますとも！」
　売り言葉に買い言葉で、収拾(しゅうしゅう)がつかなくなってしまった。
　あたしは内心モヤモヤしながらも、今さらごめんなんて言えなくて……。
「数学、どうもありがとうございましたっ!!」
　うっわー、自分かわいくない……と思いながらも、教科書をバタッと閉じて、勢いよく立ち上がった。
　アユは目を合わせもしない。
　完全に呆れてる。怒ってる。
　だからあたしもそのまま背を向けて、自分の席に戻った。
　あーやだなぁ、もう。
　またくだらないことで、ケンカしちゃったよ。
　でも今のはアユだってわるいもん。今井先輩のことをわるく言うから。
　このまま仲直りできなかったら嫌だけど、なにを言われてもデートはするもんね。
　あたしはものすごいあと味のわるさを感じながらも、頭の中はやっぱり今井先輩のことでいっぱいだった。
　週末は待ちに待った映画デート。
　みんながやめとけっていうけど、きっと大丈夫。
　絶対楽しい一日にしてみせるんだから！

そういうつもりで来たんじゃないの?

『えーっ! じゃあ明日、その先輩とデートするの? どんな人?』
「えへへ、ギターが上手でー、背が高くてー、とにかくイケメンなの!」
『すごいじゃん美優〜! ついに彼氏ゲットなるかもね!』
「ふふふ〜」

　眠れない夜。あたしは興奮がおさまらなくて、スマホ片手におしゃべり中。

　相手は同い年の従姉妹の真由香。

　うちのお母さんの姉の娘で、姉妹みたいに仲がいいの。

　シマシマを最初にあたしに教えてくれたのも真由香だし、高校に入ってからはあまり会えなくなったけど、彼女とは今でもよく電話をしたり、メッセージのやりとりをしている。

「真由香は彼氏と順調?」
『うん、まあね』

　そんな真由香は、あたしと違って絵に描いたような美少女で、すごくモテる。今だってもうふたり目の彼氏がいるらしい。

　昔から好きな人の話で、一緒に盛り上がったりしてて。

　どちらかといえば、あたしが真由香の恋バナを聞くことが多かったけど、今ではこうして自分の恋バナもできるよ

うになったから、すごくうれしい。
　悩みごとだって、お互いになんでも話すし。
「でもさぁ、アユはその先輩のこと、やめとけっていうんだよね。チャラいからって。それであたしがほっといてって文句言ったらケンカになっちゃって……」
『アユくんって、例の男友達の?』
「うん」
『それ、ヤキモチ焼いてるんじゃないの?』
「……は?　アユが!?　ありえないよ!」
　真由香には、アユのこともたまに話したりしている。
　もちろん写真を見せたりしたことはないんだけれど、顔はイケメンだって言ったら、絵里たちみたく『その人にすれば～』なんて言われちゃって。
　今だってヤキモチだとか言われるし、まさかそんなことあるわけがないのにね。
　だって、あたしとアユだよ?
　アユとの間には、友情以外なにもないんだってば。
　男女の友情は成立すると思ってるから、あたし。
　それに、アユにはちゃんと好きな子いるからね。
『わかんないよ～?　美優のこと取られたくないから、行かせたくないのかも』
「まさか!」
『だって先輩、いい人なんでしょ?』
「もちろん、いい人だよ?　見た目がチャラくないかって言ったら、それは否定できないけど……性格はいい人!」

『なら大丈夫じゃない？　きっとそのアユくんのはヤキモチだから、気にしなくていいって』
「……そう？」
『うん』
　まぁ、ヤキモチかどうかは別として、先輩はアユたちが言うようなわるい人ではないはずだよね。
　真由香だってほら、大丈夫って言ってくれているし。
　きっと見た目で誤解されやすい人なんだ。
「だよね！　じゃあ頑張る！　ありがと真由香！　なんか元気出た」
『いえいえ。それじゃ、どうだったかまた聞かせてね』
「うん、また電話するね！」
『楽しみにしてる〜』
　真由香も応援してくれてる。そう思ったら、少し勇気づけられる。
　いろいろ考えてなかなか眠れなかったけれど、真由香に話したら少し気持ちが落ちついて。
　電話を切ったあとは、そのまますぐ眠りについた。
　明日のデート、うまくいきますように……。
　楽しみだなぁ……。

　そして、迎えた翌日。
　──ジリリリリ！
　目覚ましの音で、勢いよく飛びおきる。
　朝は弱くて寝坊しがちなあたしも、今日だけはやけに目

覚めがよかった。
　だって、待ちに待った今井先輩とのデートなんだもん。
　早起きして、バッチリおしゃれしなくちゃ。
　昨日の夜はファッション雑誌とにらめっこしながら、延々と今日のコーデを考えていた。
　そして選んだ勝負服！
　普段はあまりしないメイクだって今日はきちんとして、先輩にいつもよりかわいいって思われたい。
　そして少しでも距離を縮められたら……先輩の本命になれたらなんて思っている。
　妄想しすぎ？
　でも、それくらい気合入れなきゃね。
　アユとは結局あのまま仲直りできずに、学校でもほとんど話すことなく、今日まできてしまった。
　どちらからも話しかけづらいというか、なんだか気まずくて。
　絵里に話したら、とりあえず謝れって怒られたけど、でもなんかなぁ……。
　今さら、ごめんなさいって言うのもアレだし。
　自然に仲直りできたらいいんだけどな……。
　着がえてメイクをすませると、朝ご飯を軽く食べて約束の場所まで向かった。
　その間もずっとそわそわして、落ちつかなくて。
　男の子とこうしてデートすること自体、すごく久しぶりだったから。

アユとはふたりでライブに行ったことがあるんだけど、アレはべつにデートじゃないし。
　今井先輩の私服姿……とか考えただけで、もうドキドキしてやばかった。
　先輩は背が高くてスタイルもいいし、絶対おしゃれなんだろうなぁ……。

　待ち合わせ場所に着くと、先輩の姿は見あたらなくて、あたりをキョロキョロ見まわしながら探した。
　今ちょうど、約束の５分前。
　まだ来ないか……。
　だけど、約束の時間になっても来ない。
　これはもしかして、ドタキャン!?
　……なわけないよね？
　いやいや遅れることなんて誰にでもあることだし、きっと大丈夫……。
「だーれだっ！」
「……きゃぁっ!!」
　その時背後から、誰かに突然手で目隠しをされた。
　だけどその声は、聞き覚えのある声で……。
「い……今井先輩？」
「ピーンポーン！　あはは！　美優ちゃんのそのリアクション、超かわいい」
　そのとおり、目隠しを外すと、目の前にはあの憧れの今井先輩が立っていた。

しかも、雑誌から飛びだしてきたような超おしゃれな私服姿で。
　ステキ……。
「ごめんごめん、ちょっとギリギリになっちゃって。待っただろ？　わるいな。お詫びに今からお茶でもおごるよ。ケーキがうまいカフェ知ってるから、ついてきて」
　なんて、さっそくスムーズに先輩オススメのカフェへと連れていってもらうことになった。
　こういう時、デートとかってまず「どうする？」とか「どこ行く？」とか、ぎこちない感じになるイメージだったんだけど、先輩は全然そんなことないんだ。
　さすが……。
　あまり相手に気を使わせないタイプっていうか。
　あたし、めちゃくちゃ緊張してたはずなのに、もう緊張が解けてきたよ。
　フレンドリーな今井先輩はどんどん話しかけてくれるし、なんでも笑って聞いてくれる。
　一緒にいて、すごく楽しい。
　こういう人が彼氏だったら、毎日がもっとウキウキするんだろうなぁ……なんて妄想が止まらなくなっちゃう。
　調子のりすぎかな？

　カフェで軽くおしゃべりをしたあとは、いよいよ約束の映画を観にいくことに。
　先輩がオススメしてくれたケーキは、本当においしくて。

なんだかエスコートされてるみたいで、すごくハッピーな気分だった。
　リードしてくれる男の人ってステキ……。
　ますます、彼女になれたらなぁって思っちゃうよ。
「美優ちゃんは洋画派？　邦画派？」
「……あたしですか？　えっと、どっちかっていうと洋画が好きで……。友達はみんな邦画をよく見るみたいだけど、けっこう洋画のアクションとか好きなんですよねー」
「マジ？　俺もだわー。邦画って最近マンガ原作とかばっかりだしさ。やっぱ洋画のほうがスケールでかいよね。美優ちゃんとは趣味が合うな〜」
　……ドキ。
　趣味が合うなんて言われたら、うれしくて舞い上がっちゃうよ。
　メッセージで会話してる時もそうだったけど、今井先輩とは話が合う気がする。
　あたしが好きなものを、先輩も好きだったりして……。
　そういうの、ちょっと運命感じちゃうなぁ。
　こんなふうに気が合うのって、男子だとアユ以来かも。
　でも先輩はもっと優しいし、穏やかだし、大人だし。
　それに、さっきからうれしいことばっかり言ってくれる。
　あたしの私服だって褒めてくれたし、メイクにも気づいてくれた。
　求めている反応が、そのまま返ってくる感じ。
　こんなふうに言われたら、ちょっと期待しちゃうよね。

映画は内容もおもしろくて、期待どおりの作品だった。
　　見おわったあとは、ふたりでゆっくりと感想を語りあったりして、楽しい時間はあっという間に過ぎていく。
「あ、俺ちょっと、ヤマムラ楽器に寄りたいんだけど。いいかな？」
「えっ……はい!!　全然付き合いますっ!!」
「さんきゅ」
　突然、先輩が楽器屋に寄りたいと言いだしたので、あたしは喜んでついていくことにした。
　だって、憧れのギタリスト、今井先輩なんだもん。
　運がよければ、弾いてるところを見れちゃうかな？
　だったら、うれしいなぁ。
　先輩は中に入るなり、ギターのコーナーへと歩いていく。
　そして、そこにあるギターをいくつか眺めては……。
「これ、弾いてみてもいい？」
　きた―――っ!!
　期待どおり、ギターを弾いてみせてくれることになった。
「なんか、弾いてほしい曲とかある？　あ、美優ちゃん、シマシマ好きなんだっけ？」
　そう聞かれて驚いた。
　なんで先輩、知ってるんだろう。
　もしかして先輩もシマシマファン？
「だ、大好きです!!　先輩も聴くんですか？　シマシマ」
「うん。俺もけっこう好きだよ。歩斗がすげぇ好きだからさ、ＣＤ貸してもらって聴くようになって」

うそーっ!
「美優ちゃんのこと話したら、シマシマ好きだって教えてくれたから、耳コピしてきた。ちょっと弾いてみせよっか」
　なななな……なんですって!!
　なにそれ。ウソ。夢みたいだよ……!
　あたしに聞かせるために、わざわざシマシマの曲を覚えてきてくれたの?
「はいっ!　ぜひお願いします!!」
　アユ、ファインプレーだよ!
　なんだぁ。文句言いながらも、あたしのこと先輩に話してくれてるんじゃん。
　どうしよう、こんなシチュエーション。
　すっごく憧れてたんだけど……。
　今井先輩は店員さんからアコースティックギターを受け取ると、慣れた手つきでかき鳴らしはじめた。
　扱いなれてる感じがまた、たまらなくカッコいい。
「それじゃ、"ヒマワリ"って曲いくね」
　きゃぁぁ～っ!!
　しかもそれ、あたしがシマシマを好きになったきっかけの曲だし!
　めちゃくちゃうれしい!!
　～～♪
　今井先輩はイントロからみごとにヒマワリをコピーしていて、そのまま小さな声で弾きがたりをしてくれた。
　思わず目がクギづけになる。

今井先輩のゴツゴツした骨っぽい指が、目を伏せる表情が、歌声が、もうすべてが魅力的すぎて、ドキドキしてしまう……。
　それだけで好きになってしまいそうだった。
　いや、もう好き。
　好きかもしれないよ、先輩。
　あたし、本気になってもいいですか？
　ハマっちゃうよ、こんなの……。
　今井先輩の弾きがたる姿を見たあと、すでにあたしはメロメロで、完全に先輩のトリコになっていた。
　だって、去年ステージで見たあの人が目の前にいて……しかも、あたしのためだけに弾いてくれたんだよ、今。
　そんなうれしいことってある？
　夢でも見てるんじゃないかと思うよ。

「美優ちゃんはさ、歩斗と仲いいの？」
　楽器屋から外に出ると、今井先輩に尋ねられた。
「えっ？　あーまぁ……。今ちょっとケンカ中なんですけど、仲いいですよ。お互いシマシマファンなんで」
「へーえ、ケンカ中かぁ。でも意外だな、歩斗女友達とかいたんだ。あいつって、なんかクールじゃん？　生意気だし。そのくせ高校でもモテてるらしいじゃん」
　それを聞いて思い出した。
　あ、そうか。今井先輩はアユと同中……てことは、中学時代のアユを知ってるんだ。

中学でもモテてたのかな？
「やっぱ中学でもモテてたんですか？」
「あーモテてたよー。あいつイケメンだし、頭もいいからな。でもなんか意外とマジメなんだよな。美優ちゃんは歩斗のこと好きじゃないの？」
「……へっ!?」
いきなりそんなことを聞かれたからビックリした。
好きじゃないのって……。
好きだったら、今日あなたとデートしてませんって！
あたしが好きなのは、先輩だし……。
「えーなに言ってるんですか！　アユとはただの友達ですよ！　お互いに。アユモテるのに、いまだに彼女つくらないんですよねー。もったいないと思うんですけど。中学の時はいたんですか？」
なんか話題がアユの女関係になってきたぞ……と思いながらも、実はちょっと気になる。
アユに元カノとかいたんだったら見てみたいし、それってヒントになるかも。
だって、いまだに好きな人教えてくれないんだもん。
どんな子が好みなのかくらい知りたいよ。
「うん、いたよ。たしかふたりくらい？　どっちもかわいい子だったから、けっこう面食いなんじゃね？　理想は高いのかもなー。あんま簡単には付き合わないし」
へぇー……そうなんだ。なるほど、理想が高いのか。
だから今も、彼女をつくらないのかなぁ……。

「いやーでも、美優ちゃんが歩斗のこと好きじゃないなら、よかったよ。せっかくこんな気が合う子に出会えたのに、歩斗に取られちゃ困るからさ」
　……えっ。
　今、なんて……？
「美優ちゃんとは、ホントに一緒にいて楽しいよ。俺こんなの久しぶりかも。よかったら、もう少し一緒にいたいな。まだ時間大丈夫……？」
　夢でも見ているんじゃないかと思った。
　気が合うとか、取られたら困るとか。
　もう少し一緒にいたいとか……。
　こんなこと言われたのって、初めてかもしれない。
　しかも憧れの先輩に……。
　どうしよう。うれしすぎて空を飛べちゃいそうだよ。
　今井先輩の優しい瞳が、まっすぐにあたしだけを映している。
　それに吸いこまれるように、あたしは返事をする。
「……大丈夫です！　あ、あたしも……先輩と一緒にいたいです」
　恥ずかしながら、そう言いきった。
　先輩は穏やかに目を細めて笑う。
「マジで。じゃあよかったら、ここから俺んち近いんだけど、来ない？　誰もいないし……。俺が組んでるバンドの曲とか、美優ちゃんに聴かせたいな」
　……ウッソ〜!?

「い、いいんですか!?　ぜひっ!!　曲聴いてみたいです！
お邪魔します!!」
「オッケー」
　うわぁぁ本当に夢みたい……。
　うまくいきすぎて、こわいくらいだよ。
　あたしはなにも疑うことなく、ただ素直に、言われるがまま、先輩についていった。
　このまま彼女になれる日も遠くはないかも……なんて、妄想しながら。

「あ、適当にそのへん座ってね」
　部屋に入ると、今井先輩はあたしにひと声かけて飲みものを取りにいってくれた。
　あたしはドキドキしながらベッドに座って待つ。
　今井先輩の部屋……。
　見まわすと、ところどころにバンドのツアーTシャツがかけられていたり、ポスターが飾ってあったりとか。
　ギターやアンプのほかにも、曲作りに使っていそうな機材やCDの山、いかにもバンドマンって感じの部屋に、あたしは見とれてしまっていた。
　いつもここで、曲作ったりとかしてるのかなぁ……。
「お待たせ」
　戻ってくると先輩はテーブルに飲みものを置いたあと、あたり前のようにあたしの隣に腰かけた。
　部屋でふたりきりというシチュエーションに、今さらな

がら緊張する。
「これが最近、作った新曲なんだけど。ちなみに作曲は俺」
「へぇ〜! すごい……」
　先輩はさっそく、自分が組んでるバンドのオリジナル曲が入ったＣＤをかけてくれて。
　あたしは歌詞が印刷してある紙を手渡され、それを見ながら曲に聴きいった。
　なんだか歌声より、ギターの音ばかり追ってしまう。
　……カッコいい。
　このギター、先輩が弾いてるんだぁ……。
「どう……? 自分で聴かせておきながら、ちょっと恥ずかしかったりするんだけど」
　そう言いながら、そっとあたしの顔を覗きこむように近づいてくる先輩。
　たまたまだと思うけど、すごい密着してる……。
　あたしは曲よりそっちに意識がいきそうだったけど、ちゃんと感想を言わなくちゃと思って答えた。
「す、すごくカッコいいです……。ギターソロとかホントに、もう最高で……。サビのメロディーもすごくよかったです!」
「マジで? うれしいな」
　ニコッとうれしそうに笑いながら、今度はあたしの頭を撫でる彼。
　あたしはもう心臓バクバクで。
　でもあれ? なんか……。

急に先輩、スキンシップが……増えたような……？
　そのまましばらく曲を聴いたり、先輩がバンドについて語ったりするのを聞いていた。
　先輩はさっきから妙にしゃべりかたが優しくて、外にいる時とは少し違う感じがする。
　なんだろう……。
　いつもより色気を感じるというか……。
　それにしても、距離が近すぎて落ちつかないよ。
　するとその時、
「美優ちゃん……」
　先輩があたしの髪をそっとすくい上げた。
　ドキッ……。
「美優ちゃんってさぁ……きれいな髪してるよね」
　そう言って、すくった髪を自分の顔に近づける。
「いい匂いする……」
　ひゃ～っ！
　なんかなんか、なんかなんか……。
　そんなことされたら、心臓爆発しそうなんですけど!!
「そ……そんなことないです……っ」
　あたしが恥ずかしさのあまりうつむくと、さらに顔を近づけてくる先輩。
「あれ？　なにー？　もしかして照れてる？　かわいいね」
　そう言いながら、なぜかあたしの肩に手を回して……。
「そういう反応、すげぇそそるわ」
　……ドキッ。

耳もとでささやく声は、さっきとは別人だった。
　ちょっと待って……。
　なんか先輩、キャラ変わってない……？
　あたしはもう、心臓がこわれそうで。
　なにせこういうシチュエーションは初めてだし、慣れてないもんだから、本当にどうしていいかわからなくて、軽くパニックだった。
　だけど先輩は、そのまま離れる気配がない。
　次はあたしの首筋を指でスーッとなぞって……。
「……っ！」
　そして、妖艶な瞳であたしをじっと見つめながらつぶやいた。
「なぁ……美優ちゃんて、俺のこと好きでしょ？」
　……えっ。
　すぐには言葉が出てこなかった。
　先輩いったいどうしちゃったんだろう？
　なんかめちゃくちゃ積極的っていうか……。
　さすがのあたしもここまできたら、身の危険を感じる。
　そして今さらながら、絵里やアユに言われたことを思い出して……。
『なにされるか、わかんねぇぞ』
　その言葉が脳裏に浮かんだ。
　どうしよう……。
　あたしまさか本当に、このままなにかされちゃうとか？
「え……えっと、あの……」

なんかもう、どう答えたらいいのかわからない。
さっきまであんなに爽やかで、優しいオーラに包まれていた先輩が、今はすごくいやらしい目をしていて……。
いくら憧れの人が相手でも、こんな急にベタベタされるのは正直嫌というか、違和感があった。
あのウワサは、やっぱり本当だったんだ……。
だとしたら、どうしよう。
どうやってここから、逃げる……?
「……どうしたの？ 急におとなしくなって。あ、まさか緊張してる？ 大丈夫だよ。やさしくするから」
……えっ!?
やさしくするって、いったいなにをするんだろう……。
と思った時には、もう遅かった。
急に手首をつかまれ、思いきり押したおされる。
「……きゃっ!!」
そして額がぶつかりそうなくらいに、顔が近づいてきて。
「フフ……なにそんな驚いた顔してるの？ そういうつもりで来たんじゃないの？」
「……っ」
そう言われて、今さらのように自分のバカさかげんを思いしった。
あぁ……あたし、なにやってんだろう。
あんなにみんなに心配されて、それでも聞く耳持たなかったから、こうなったんだ。
なんで先輩の部屋なんかに来ちゃったんだろう……。

こうなることは、簡単に予想できたはずなのに。
「い……や……っ」
　声にならない声と共に抵抗してはみるけれど、力じゃ全然かなわなかった。
　先輩は手首をしっかり押さえつけて、そのまま無理やりキスを迫る。
　あたしは必死で顔をそむける。
「……おいおい、キスくらいいいだろ？　つれないなぁ〜、美優ちゃんは」
「や、やだっ！　やめ……」
　こわくて、今にも泣きだしそうだった。
　体が震えて力が入らない。
『キスくらいいいだろ？』なんて、キスもしたことないあたしにとっては一大事なのに。
　そんなセリフを吐ける先輩は、よほどキスに慣れているんだろう。
　きっといろんな子に、こういうことしているんだ。
　プレイボーイってウワサのとおり……。
　だけどあたしがあまりにもジタバタするので、諦めたのか、今度は先輩の唇が首筋へと降りてきた。
　そして……。
「……んっ！」
　鈍い痛みが走る。
　思わず涙がにじんだ。
　今さら後悔したって遅いけど、後悔の念でいっぱいで。

今井先輩がこんな人だったなんて……。
　さっきのうれしいセリフも全部、こういうことをするためだったのかな……。
　そう思ったら、本当に悲しい。悔しい。
　それを真に受けて気づかないあたしって、どれだけバカなんだろう……。
　先輩はあたしをしっかりと押さえつけたまま、今度は服の中に手を入れてきた。
　そしてその手は胸のあたりまで伸びてくる。
「い、嫌っ!!　やだっ!　やめてっ……!!」
　いやらしい手つきに鳥肌が立ちそうだった。
　あいているほうの手で、必死で先輩の腕をつかむ。
　すると先輩はちょっと呆れたような顔で。
「そんな暴れんなよ。初めてじゃあるまいし……」
　……は？
　なに言ってるの……？
　先輩もしかして、あたしがこういうことに慣れてるとでも思っているの？
「俺のこと好きなんだろ？　それで部屋に来たってことはＯＫってことなんじゃないの？　もっと喜んで応じてくれると思ったんだけど……」
　そう言われた瞬間、ゾッとした。
　やっぱりこの人は、完全に遊び人なんだ……。
　いつもこうやって女の子を連れこんでいるんだ。
　そして、あたしのこともそういう軽い子だと思っている

んだ。
　ダメだ、もう……このままじゃ本当に……。
「……っ、今井先輩のバカァッ!!」
　——ドカッ!!
　その時あたしは、全身の力を振りしぼって、先輩のお腹に膝でケリを入れた。
「……うぉっ!!　いって……なにすんだよ!!」
　先輩は痛みに顔をゆがめて、お腹を抱えこむ。
　だけどその瞬間、押さえつけられていた手が外れて、あたしはやっと自由になった。
　慌てて起き上がり、ベッドから下りる。
　そして置いてあった荷物を抱えて、逃げるように部屋をあとにした。
「……っおいっ!　待てよ!!」
　先輩の呼ぶ声が聞こえるのなんてムシして。
　そのまま家を出て、走る、走る、走る……!!
　しばらくして、ちょうど小さな公園を見つけたので、そこのベンチにようやく腰を下ろした。
「……っはぁ……、ハァ……」
　……ドキドキドキドキドキドキ。
　いまだに心臓が鳴りやまない。
　こわくて、体が震えて。
　悲しくて、悔しくて、自分が情けなくて……。
　気づいたら、次から次へと涙があふれてきた。
「……ぅ……ひっく……っ。うぅ……、もう嫌……」

そして、カバンからスマホを取りだすと、絵里の名前を探した。
　助けを求めるように電話をかける。
　絵里……お願い、出て……。
『……もしもし……』
「え、絵里っ！」
『……美優？　どうしたの急に。あ、てかアンタ、先輩とデートは？　もう終わったの？　どうだ……』
「うわ〜〜ん!!　絵里ぃ〜〜!!」
　絵里の声を聞いたらなんだか安心して、思わず大声で泣きだしてしまった。
『ちょっ、なに？　どうしたの!?　なにかあった!?』
　絵里は驚いて、慌てたように聞き返す。
　あたしは今すぐにでも絵里に会って、すべてを話したい気分で。
「やっぱり……絵里たちの言うとおりだった……。先輩に……襲われそうになった〜!!」
『はぁっ!?　ウソ!?』
「胸触られた〜!!　最悪！　最低！　もう嫌っ!!」
『ちょっと待って、胸触られた!?　大丈夫なの!?』
『ちょっと貸せッ!!』
　……えっ？
　その時電話の奥から、なぜかアユの声がした。
『おい美優!!　お前大丈夫か!?　今どこにいんだよ!!!!』
　その声は、聞いてるこちらがビックリするくらい慌てて

いて、いつものアユからは想像がつかないものだった。
　しかもあたしは、状況がよくつかめない。
　なんでアユが……？
　絵里と一緒にいたのかな？
　それにしても、すごく焦っている……。
「え……アユ……なんでそこにいるの？」
　あたしは不思議に思って聞いてみる。
　すると、アユは怒鳴りつけるように。
『うるせぇ‼　今それどころじゃねーだろ‼　質問に答えろ！　どこにいんだよ⁉』
　えっ……？　なんかめちゃくちゃ怒ってるし……。
「あ……公園に……。駅の近くの、なんとか台公園……」
『わかった。いいか？　そこ動くなよ！　じっとしてろ‼』
　──プッ、ツーツーツー……。
　そしてそのまま、電話は切れてしまった。
　あれ？　なに今の……。
　あたし絵里に電話したはずなんだけど……。
　びっくりした……。アユが電話に出るなんて。
　もしかしてアユ、来てくれるのかな……？
　あんな必死なアユの声、初めて聞いたよ……。

べつにお前のためじゃねえし

　しばらくあたしは公園のベンチに座って、アユに言われたとおり、じっと待っていた。
　日も暮れはじめて、あまり人がいない。
　ぼーっと待っていたら、今日のことをいろいろ思い出して……。
　あーあ。最初は楽しかったんだけどなぁ……。
　せめて先輩の部屋に行かなければ。
　ううん、最初からそのつもりだったのかも。
　どっちにしろ、もう先輩とは顔を合わせたくない。
　だんだんとまた悲しくなってきて、下を向いて砂を蹴る。
　まだファーストキスを奪われなかっただけよかったなんて、前向きに考えようにも心がついていかない。
　優しかった先輩。
　憧れていた先輩。
　こんなことになるなら、憧れのままでいればよかった。
　止まっていた涙が、再びにじんできた。
　なんだか自分がバカみたいで。
　みんなにバカにされる理由がわかった気がする。
　そもそもよく考えたら、あんなイケメンでモテる先輩が、ちょっと話したくらいのあたしを本気で好きになるわけないじゃんね。
　うぬぼれすぎもいいとこ。

そのうえ、ああいうことに慣れてる子なんだとカン違いされていたなんて、本当に最悪だよ……。
「あーもう、最悪……」
　蹴った砂の上に、ポタリと落ちる涙。
　今日のためにおろしてきたサンダルも、砂まみれだ。
　浮かれてたぶんだけ、ダメージは大きくて。
　自分がどんどんみじめに思えてくるよ……。
「はぁ……」
　──ザザッ。
　するとその時、勢いよく誰かが走ってくる足音がした。
　そして……。
「美優っ!!」
　大声で名前を呼ばれて。
　……えっ？
　あたしは驚いて、ベンチから立ち上がった。
　公園の入口に目をやる。
　そしたらそこにはなんと、息を切らしながら立っているアユの姿が……。
「あ……アユ……」
　ホントに来てくれたんだ……。
「……っ、はぁ……。おい、お前……大丈夫なのかよ!?」
　アユはすぐさまあたしに駆けよって、ガシッとあたしの両腕をつかむ。
　そしてキッ、と大きな目を見開いて、
「淳先輩に、なにされたんだよ!!」

「……っ」
　あまりの気迫に一瞬言葉を失った。
　アユの目はすごく真剣で、めちゃくちゃ急いで走ってきたのか汗だくだし。
　普段あまり熱くなることのない彼が、めずらしく取りみだしているのが、あたし的にはすごくビックリだった。
　だけど、なんか……。
　不思議なことにアユの顔を見たら、ものすごくホッとして泣きそうになる。
　いや、もとから泣いてたんだけど……もっとこみ上げてくるものがあって……。
　思わず彼の胸に、思いきり飛びこんだ。
「……うぅっ。アユ〜っ！」
　するとアユは、そんなあたしを受けとめて、ギュッと強く抱きしめてくれた。
　あたしも彼の背中にしっかりと手を回す。
　アユの背中は思ったよりも広くて、細いわりにはしっかりしていて。
　その感触にあらためてあたしは、アユが男だってことを意識した。
　だけど、ドキドキするというよりは、安心する。
　ほんのりとアユの匂いがして……。
　それが妙に落ちついて居心地がよかった。
　不思議……。
　アユはまだ少し、息を切らしながらつぶやく。

「……アホ。だから言ったじゃねーかよ」
　本当にそのとおりで、返す言葉がない。
「……っぐ、ごめんなさい……」
　だけどその瞬間、ふと思い出した。
　……あれ？
　よく考えたらあたし、アユとケンカしてなかったっけ？
　それなのに、アユはこんなにすぐ駆けつけてくれて。
　しかも汗だくだし……。
　そう思ったら、ますます胸の奥が熱くなった。
　アユってやっぱり優しいんだ……。
　あんなに怒ってたのに、結局は心配してくれているし。
　それなのにあたしったら本当に……バカだなぁ。
　あたしはしがみついた腕に、さらに力をこめる。
　アユの優しさが今さらのように身に染みて、涙があふれてきて……。
　アユはそのまま無言で、しばらくずっと抱きしめてくれていた。
　長い時間、沈黙が流れる……。
　だけど急にボソッと、小さな声で尋ねられた。
「……とりあえず、いちおう無事だったんだよな？」
　そう言って、顔を上げるアユ。
「えっ？」
　あたしも同時にアユを見上げる。
「あの……無事っていうのは……？」
「……っ、だから……。淳先輩と……ヤってないよな？

まさか」
　……ヤった!?
　そう聞かれてビックリした。
　アユにこんな話をされるなんて思ってもみなくて……なんか恥ずかしい。
　でも、誤解はといておかなくちゃ。
「しっ、してないよ……!!　危なかったけど、逃げたもん。き……キスだって……全力で拒否したから!!」
　ドヤ顔でそう言うと、なぜかアユは力が抜けたみたいにフニャッとなって、ため息をついた。
　そしてあたしの肩にもたれかかって、
「……よかった」
　あまりにもホッとしたように言うもんだから、なんだかおかしかった。
　まるで保護者のように心配してくれている。
　アユってそんなキャラだったっけ?
　だけどホッとしたのもつかの間……今度は顔を上げたとたん、アユはなにかを目にして急に固まった。
「……おい、お前それ……」
　言いながら、あたしの首もとを指差す。
「これ……なんだよ。淳先輩につけられたのかよ?」
「えっ?」
　あたしは、なんのことを言われているのかわからない。
　だけど、一瞬にしてアユの表情がまた険しくなったのだけはわかった。

「なに……? なんかついてる?」
「……チッ、わかんねぇのかよ。自分で」
「わ、わかんないよ! なに?」
「……はぁ」
　……はい?
　アユは教えてくれるわけでもなく、ただ呆れたようにため息をつく。
　あたしはめちゃくちゃ気になったけど、首もとなんてよく見えないし、やっぱりなんのことを言われてるのかわからなかった。
「……クソ、やっぱよくねぇし」
　横を向いて、ひとり言のようにつぶやくアユ。
　なんだろう……。
　なんでまた怒ってんの?
　するとそこに、また人が駆けつけてきた。
「美優っ……!! 美優、大丈夫なの!?」
「あーやっと追いついた!」
　誰かと思ったら、絵里と政輝で。
　アユはふたりに気づくと、なぜかあたしからバッと手を離した。
「あ、絵里っ! 政輝まで!」
「もー心配したよ!! やっぱり危なかったじゃん、今井先輩」
「う……ごめん……」
「バカーっ」

絵里はそう言いながらも、あたしに抱きついてくる。

あたしはもう涙こそ出なかったけれど、やっぱりすごく安心した。

絵里たちも心配して来てくれたんだ。

「ありがとう……。みんな、心配かけてごめん……。てか、みんなの忠告聞かなくてごめんなさい」

「そのとおり」

「アホ」

「これでこりたでしょ？」

「……うん」

みんなの顔を見たらますますホッとして、気持ちが和らいだ。

あんな最悪なことがあったあとだけど、こうして駆けつけてくれる人がいるだけ、あたしは幸せ者なのかもしれない。本当に。

「あ……でもなんで、さっきアユが電話に出たの？」

「あーそれは、こいつが勝手に絵里のスマホを奪ってだな。美優のことが心配で心配で……」

「……っ、うるせぇよ、政輝！　黙れ！」

「みんなで一緒に政輝んちで課題やってたんだよ。『美優どうしてるかなー』なんて言いながらね。そしたら泣きながら電話かけてくるから、もうビックリして……」

……そうだったんだ。

だから、みんなで来てくれたのか。

「でもまぁ、とりあえず無事でよかった。これからはもう、

ああいうチャラ男には、ノコノコついて行っちゃダメだよ?」
「そうそう。つーか、初デートでいきなり家に行くのはまずいだろ」
　絵里と政輝に言われて、あらためて自分のバカさを思いしるあたし。
「……ですよね。今度から気をつける」
「じゃあ、とりあえず詳しい話は政輝の家で！　行こう、美優」
「うん」
　そして、みんなで政輝の家まで歩いていった。
　歩きながら、意外と距離があることに気がついて。
　この道のりを、汗だくになりながら走ってきてくれたアユを思ったら、本当に申し訳なくなった。
　結局、往復させちゃったし……。
　こんなふうに心配してくれる友達のためにも、今度から気をつけようと心の中で深く反省する。
　みんな……ごめんね。
「ところで、さっきからずっと気になってたんだけど……」
　すると急に、絵里が振り返った。
「それって、まさかキスマーク？　首の……」
「……えっ!?」

「……で、わざとらしくも首に絆創膏なんかつけているわけね」

「そうなんです……」
　翌日、昼休みに中庭の端っこでハルカ先輩にさっそく昨日の出来事を話した。
　ハルカ先輩は半分呆れながらも、やっぱりねって顔をしている。
「はぁー、だから言ったのに……。イマジュンはねー、べつにわるい奴じゃないんだけど、女グセわるくて有名なんだよ？　口うまいからダマされちゃう子多いみたいだけど……美優もやっぱりダマされてたんじゃん！」
「うぅ……。もう言わないでくださいよ～」
「まぁ、いい勉強になったんじゃん？　これを機に、あたしはアユくんにすることをオススメするわ。駆けつけてくれたんでしょ？　超ステキじゃん」
「はぁ……」
　そんなことを言われても、今はショックすぎてなにも考えたくなかった。
　昨日はあのあとキスマークで大騒ぎして、政輝の家ではみんなにいろいろ聞かれて説教され、アユはなぜかずっとムスッとしたままあまりしゃべらないし。
　帰ったら、まさかの今井先輩から、なにごともなかったかのようにメッセージが来るし……。
　もちろんムシしたけどね。
　今日はもう、恒例だった宮園先輩の追っかけもなにもやる気が起きなくて。
　失恋とはまた違うショック。

つい先日までウキウキしてた自分は、いったいなんだったんだっていうくらい、テンションが上がらなかった。
　当然といえば当然だけどね。
「でもアユくんて、イマジュンと仲よかったんでしょ？　今回の件でギクシャクしちゃったりするのかなー？」
「えっ？」
　思いがけないことを言われて、ハッとした。
　たしかにアユと今井先輩は仲よかったけど……。
　でもだからって、あたしのことでふたりがギクシャクするなんて、ちょっとおかしいよね。
　べつに本人たちはケンカもなにもしてないのに。
「いや、まさかぁ……。それは関係ないんじゃないですか？」
「そうかなぁ〜。あたしがアユくんの立場だったら、イマジュンにキレると思うけどね」
「……あはは。まさか、そんなことあるわけ……」
　――きゃあぁぁっ!!!!
　……その時だ。
　中庭の少し離れた場所から、女子数人の悲鳴のような叫び声と、どよめきが聞こえてきた。
　……な、なに今の？
　すごい声……。
「なになに!?　どうしたの？　なんか今、すごい声しなかった？」
「……しましたよね？」
　すると、さらに誰かが大声で叫ぶ。

「キャーッ！　今井くんが２年生に殴られたぁっ!!」
　……い、今井くん!?
　偶然とはいえタイムリーなその名前に、あたしとハルカ先輩はふたりで顔を見あわせる。
　しかも今、"２年生に"って言ったよね？
　２年生って……誰？
「ちょっと……！　行くよ、美優！」
　すかさずあたしの腕を引っぱって、駆けだすハルカ先輩に連れられて、あたしはその現場へと走っていった。
　なんだろう……。わけもなく胸さわぎがする。
　まさか……まさかね？
　だけど、その予感はみごとに的中してしまった。
　野次馬をかき分けて近くにいくと、そこには片手で頬を押さえながら倒れている今井先輩の姿が……。
　ひゃあぁ〜っ!!
　そして……その前に立っていたのが、まさかの……。
「う……ウソ……。アユ……？」
　なにこれ……。
　もしかしてアユが今井先輩を殴ったの!?
　アユは鋭い目つきで、今井先輩をにらみながら立っている。
　それを見て、口々にはやし立てる野次馬たち。
「なんだ？　ケンカか？」
「こえ〜。女取られたとか？」
「うそぉ、あれ渡瀬くんじゃんっ!!」

あたしはすぐさま、アユのもとへ駆けよった。
「ちょっとアユ……！　なにやってんの!?」
　慌てて腕をつかむ。
　だけど、アユはあたしを見て少し驚きながらも、すぐにその手をそっと振りはらって、
「うるせぇよ、お前には関係ない」
　……っ、関係ないって！
　でも、だったらなんで殴ったりすんのよ。
　そんな人を殴ったりするようなキャラじゃないくせに。
　らしくない彼の行動に、信じがたい状況に、心臓がうるさいくらいドキドキして、胸がしめつけられるような思いがした。
　アユはそう言うけれど、今目の前のこの状況を見て、関係ないなんてとても思えなくて……。
　仲のよかった先輩を殴ったアユは、今どんな気持ちでいるんだろうとか、そもそもなんでそんなことするんだろうとか。
　考えれば考えるほど、罪悪感のような気持ちに襲われて苦しい。
　もしかして……あたしのため……？
　うぬぼれみたいだけど、そう思っちゃうよ……。
「……ってぇ～。なにすんだよ……」
　すると、今井先輩が血のにじんだ口もとを手でぬぐいながら、ヨロヨロと立ち上がった。
　そして、こちらをじっと見つめて。

「……ははっ、そーいうことか。なるほどね〜。でもさぁ、だからって先輩殴っていいことにはならねぇよなぁ？」
　そう言いながら、近づいてくる先輩。
　なにやら不穏な空気が流れて。
　え、まさか……やり返したりしないよね？
　だけどそのままアユに詰めよったかと思ったら、彼は右手拳を勢いよく振り上げた。
　……あっ。
「てめぇっ、生意気なんだよ、クソッ!!」
　──バキッ!!
「「きゃぁぁ〜〜っ!!!」」
　骨と骨がぶつかり合うような鈍い音と共に、響きわたる叫び声。
　あたしは思わずぎゅっと目を閉じた。
　そして再び目を開けた時には、目の前にアユが倒れていて。
　……ウソ。やだ……。
　ホントに殴った……。
「アユっ!!」
　とっさにアユに駆けよる。
「ちょ……ちょっと大丈夫!?」
　すごい展開にパニックで、涙が出てきそうだった。
　なんでこんなことになっているの？
　あたしのせいなの……？
　お願いだから、もうやめてよ。

見てらんない……。
「……くっそ」
　アユは口もとを押さえながら起き上がる。
「ねぇアユ……もういいよ。もうやめて……」
　あたしは泣きそうになりながら、アユの腕をつかむ。
　だけどアユはさらにやり返そうとはしなくて、ただ今井先輩をじっとにらみつけて、低い声ではっきりと言いはなった。
「……とにかく、二度と美優に近づくなよ！」
　……えっ？
　信じられないセリフに、胸がドキンと音を立てる。
　アユの目はすごく真剣で。
　あたしはそれを聞いたとたん、胸の奥が熱くなって、また涙がこみ上げてきた。
　なんだ。やっぱり……。
　あたしのために怒ってくれたんじゃん……。
　今井先輩はフゥッとため息をついて、それから少し眉を下げて笑う。
「……ハハ、わかったよ。わるかったな」
　さすがに殴り返して気がすんだのか、そう言いはなつと、おとなしくその場を去っていった。
　集まったギャラリーも少しずつ散っていく。
　あたしはあらためて、アユの顔をじっと見た。
　口もとが切れて、白い肌に赤く血がにじんで。
　思わずこらえていた涙がこぼれてくる。

「……っ、なにやってんの。バカァ……」
　するとアユは恥ずかしそうに顔をそむけながら、ボソッとつぶやいた。
「べつに……お前のためじゃねぇし」
　……まったく。
　ついさっきあんなことを言っておきながら、素直じゃないにもほどがあるでしょ。
　でも、なんかうれしい。
　なんだろう。胸がいっぱいで……。
　そっと彼の頬に手を当てる。
「……なんだよ」
「ケガしてるよ。保健室行こう」
　あたしのために怒ってくれて、ありがとうね。
　なんだかアユがちょっと、ヒーローみたいに見えたよ。

いいかげん気づけよ

　——キーンコーン……。
　保健室に着いた時には、もう昼休みが終わっていた。
　ガラッとドアを開けて中に入ると、ちょうど先生はいないみたいで。
　あたしはアユをイスに座らせ、消毒液やコットンを取りにいった。
　アユが時計を気にしながら尋ねる。
「美優お前、英語サボっていいのかよ？　水沢だぞ。お前の大好きな」
「うん、知ってるよ。でも今はそれどころじゃないでしょ」
　あたしがサラッと返すと、
「べつに俺は手当てとかいらねぇから。つーか、ふたりで抜けたら、あとでいろいろ言われるかもしんねぇぞ。いいのかよ」
　……えっ？
　まさかアユがそんなことを言うなんて……ちょっとおかしかった。
　まったくなにを気にしているんだか……。
　人目も気にせず、あたしのために先輩殴ってくれたのに、そのせいでケガしたのに、ほっとけるわけがないじゃん。
「べつにいいよ、なに言われても。そんなことより、授業より、今はアユが大事！」

あたしがそう言うと、なぜかアユは少し黙って、それから口もとを隠すように手で覆った。
「……っ、アホ」
え、アホ？　アホってなによ。
だけどよく見ると、ちょっと顔が赤いような……。気のせいかな？
「はい、持ってきたよ。消毒しよ」
手当ての用意をして、丸い回転イスにアユと向かいあってあたしも座る。
「……じっとしててね」
手に持ったコットンを消毒液で浸して。
そしてそれをピンセットでつまんで、アユの口もとの傷にあてた。
「……っ」
「あっ……痛い？」
「……べつに」
とか言ってるわりには、けっこう痛そうな顔してたんだけどなぁ、今。
素直に言わないところがまた、アユらしい。
こういうところが、ちょっとかわいいんだよね。
たまにムカつくけど。
意地っ張りなんだもん、アユって。
「あーでも……まさか殴っちゃうなんて思わなかったよ」
あたしが軽く笑って言うと、アユはふてぶてしく答えた。
「俺だって、思わねぇよ」

……えっ？　なにそれ。
「そーなの？」
「……そうだろ。言っとくけど、人殴ったりとかしたことねぇぞ。初めてだよ」
「うそ……」
　いや、べつに人を殴ることに慣れてるなんて思ったりしませんけど。
　でも……。
　自分がなにかされたわけでもないのに。
　あたしのために……？
「ご、ごめん……」
　なんとなく謝ってしまった。
　なんだかうれしいような、申し訳ないような、なんとも言えない気持ちになる。
「べつに……俺がムカついただけだから」
　アユはそう言うと、なにを思ったのか、うつむいて目を伏せた。
　あたしはそれを見て、少し胸が痛くなる。
　もしかしたらアユだって、実はあと味がわるかったりするのかも。
　いや、絶対そうだよね……。
　仲のいい、あたしよりずっと付き合いの長い先輩を殴ったわけだもん。
　あたしにとって、今井先輩は最低な人だったけど……アユはあまりいい気分じゃないよね。

「口……切れちゃったね」
　あたしはそっと、彼の口もとに絆創膏を貼りつけた。
　髭ひとつ生えてないすべすべの肌はあたしの肌よりきれいで、だからこそ、余計に痛々しく見える。
　長いまつ毛は女の子みたいだし、切れ長の大きな目は、見ていると吸いこまれそう。
　久しぶりに近くでちゃんとアユの顔を見たけれど、あらためて見るとやっぱり整っていて。
　こんなきれいな顔にケガさせちゃったんだと思ったら、すごく申し訳なかった。
「せっかくのイケメンが台なしだね」
「……いんだよ、べつに。こんなん……」
　アユはそう言いながら、絆創膏を自分の指でなぞる。
　そして、しんみりした顔で、
「俺だけ殴っても気分わりぃから、殴り返されてよかった。むしろ……」
「えっ……」
　それを聞いて、少し驚いた。
　意外。アユってそんなこと思うんだ。
　なんだ……やっぱり、すごく優しいんじゃん。
　あたしはそんなアユを見ていたら、じわりとこみ上げてくるものがあって。
　今さらながら、感謝の気持ちをちゃんと伝えたくなった。
　そうだ。まだお礼を言ってないや……。
「アユ……」

「ん？」
「あの……でもあたし……うれしかったよ。アユが怒ってくれて……」
　アユの目をじっと見つめる。
「うれしかったから……。だから、その……ありがとう」
　……伝わったかな？
　アユは少し驚いたように目を丸くする。
　あたしもちょっと照れくさくて、なんとなく下を向いちゃったけど。
　たぶん、こんなふうにマジメにお礼を言ったのなんて、すごく久しぶりだ。
　だから、なんとも言えない恥ずかしい空気が流れている。
　するとアユはいきなり、あたしの片腕をつかんだ。
　そしてグイッと自分のほうへ引きよせる。
「……わっ」
　回転イスごと体が移動して、いきなりアユの顔が目の前に来て、不覚にもドキッなんてしたのもつかの間で……。
　次の瞬間、唇がそっと温かいものでふさがれた。
　えっ……。
　……あれ？
　一瞬なにが起こったのかわからなくて。
　目を閉じることも逃げることもできないまま、受けいれたそれは、初めての、不思議な感触……。
　今あたし……アユと、キス……したの……？
　アユはゆっくりとあたしから離れる。

固まるあたしから視線をそらすことなく、腕をつかんだまま。
　あたしにはだんだんと、今起こった出来事が現実味を帯びてきて。
　だんだんと、顔中に熱が集まるのがわかった。
　同時に混乱してくる。
　え……なんで……？
　なんでアユがあたしに……キス？
　あたしたちって友達のはずだよね？
　いったいどうしちゃったの……？
「ちょ……え、な……なんで!?」
　ドキドキうるさい心臓に静まれと言いきかせながら、アユに問いただす。
　いつの間にか体が沸騰しそうなくらい熱くて、恥ずかしくて……。
　とにかく完全にテンパっていた。
　アユはマジメな表情で、静かに答える。
「なんでって……ほかに理由なんかねぇだろ」
　……えっ？
　ほかにって……な、なんのほかに……？
　あたしが目を泳がせながら、なにも答えられずにいると、アユはあたしをじっと見つめ、少し頬を赤らめて言った。
「……アホ。いいかげん気づけよ」
　ドキン……。
　アユの言葉に思わず心臓が飛びはねる。

そんな……まさかとは思ったけど……。
　そう言われて気づかないほど、あたしもバカじゃなくて。
　つまり、それは……そういうこと……だよね……？
　おそるおそるアユを見つめ返す。
「え……じゃあもしかして、アユの好きな人って……」
　すると彼は、まっ赤な顔でコクリとうなずいた。
「……そうだよ。お前以外に誰がいんだよ」
「う、ウソっ……」
「ウソじゃねぇよ。ずっと好きだった……。１年の時からずっと……」
　そこまでハッキリと言われたら、もうこれ以上疑うなんてできなかった。
　ゴクリと唾を飲みこんで、沸騰しそうな頭で考える。
　好きだった……。
　アユがあたしを……。
　今までずっと？
　どうしよう……。全然気づかなかった。
　いや、うれしくないかと言われたら、うれしい。
　だけど……今までそんなふうに見たことがなかっただけに、気持ちがついていかない。
　たとえば、今すぐ付き合おうとか言われたとしても、どうしていいかわからないっていうか。
　急にアユのことを友達以上に見るなんて、やっぱりできないよ……。
「……あ、ありがとう。あの……全然気づかなかった……」

「だろうな」
「う……ごめん。でもあたし……あの……」
　ああ……こういう時、なんて言ったらいいんだろう。
　嫌いじゃないし、むしろ好きだし、嫌じゃないの。
　だけど、それはアユの好きとは違う好き……。
　あたしにとってアユは大事な友達で、失いたくない。
　だから気まずくなったり、今までみたいにできなくなるのは嫌だ。
　でも、そんなこと言ったらワガママかな……？
　どうしよう、どうしよう……。
　混乱して言いたいことがよくわかんないよ……。
　あたしが返す言葉に困って、ひとりモゴモゴしていると、アユはいきなりあたしの手をぎゅっと握った。
　……ひゃぁっ！
　驚いてアユをまた見上げて、だけど目が合って気まずくてそらして。
　ドキドキドキドキ……。
　心臓が、やばい。
　なんであたし、アユにこんなドキドキしてんの……。
　するとアユは静かに口を開いた。
「あのさ……」
「……っ！」
「べつに……今すぐ返事とかいらねーから」
　……え？
　なにを言われるかと思ったら……。

「……えっ、そうなの？」
　あたしは少しだけホッとして、アユを再び見つめ返す。
　といっても、いまだに手を握られているから心拍数がおかしいんだけど。
「お前が俺のことを友達としか思ってねーのくらい、わかってるし」
　あ……ウソ……。
　さすがアユ。わかってるんだ。
「ご……ごめん……」
「だから、今すぐ付き合えとか言わない。今までどおりでいいから」
　そう言われて、さらにホッとした。
　正直今のあたしには、一番ありがたい言葉だ。
　するとアユは握っていた手を離して、今度はあたしの頭の上にそっと置いた。
　そして顔を近づけて、覗きこむように見つめる。
　ドキン……。
「そのかわり……今度から俺のこと、男として見ろよ」
　そう言いのこすとイスから立ち上がって、あたしを残したまま、さっさとドアの前まで歩いていった。
　あたしはなんだか放心状態で、なにも言い返せなくて。
　ドアの前で、ふとアユが振り返る。
「あ、手当てどうもな」
　そして背を向けて、保健室を去っていく。
　ドキドキドキドキ……。

なんなの、これ……。
心臓の音がうるさくて、顔が熱くて。
しばらくその場から動くことができなかった。
……アユに告(こく)られた。
キスされた……。
どうしよう。あたし。
これから毎日、どうしたらいいんだろう……。

『うわー、先輩やっぱチャラ男だったんだ！　それは災難(さいなん)だったね』
　その晩、あたしは約束どおり、真由香に電話で今井先輩とのデートのことを報告した。
　そして、その後の出来事も全部……。
『でも、まさかそこでアユくんに告られるとはね。やっぱり、美優のこと好きだったんだー』
　アユのことを話したら、真由香はやっぱりなんて言って、あんまり驚いてなかったけど……。
　驚いてるのって、もしかしてあたしだけ？
　あたしの中では、今井先輩がチャラ男だったことよりもなによりも、アユがあたしを好きだったことが一番衝撃なんだけど。
　全然気づかなかった。そんなふうに考えたこともないたもん……。
『だから結局、先輩とのデートに文句言ってたのも、ヤキモチ焼いてたってことだよね。美優を行かせたくなかった

んだよ』
「そう……なのかな?」
『そうだよー。しかも、心配して駆けつけてくれたんでしょ? そのうえかたき討ちみたいに先輩殴るなんて、ちょっとヒーローみたいじゃん。あたしだったら、アユくんに惚れちゃいそう。カッコいいよー』
「そ……そう?」
　いや、あたしもあの時は、ちょっとドキドキしちゃったけど……。
　ちょっとだけアユがカッコよく見えた。
　うれしかった。
　だけど、好きって言われたら、やっぱり戸惑っちゃったんだよ。
『だめなの? アユくんじゃ』
　真由香はストレートに聞いてくる。
　真由香だったらこういう場合、とりあえず付き合ってみるんだって。
　付き合ってから、好きになればいいじゃんって言うの。
　でもあたしは……。
「だめっていうか……アユはあたしにとっては、大事な友達だから」
　アユのことは大好きだけど、そういう好きじゃないのに付き合うのは、アユに失礼だもん……。
「いきなり付き合うとか、恋愛対象として見るとか、そういうの、すぐにはできないっていうか……」

『うーん、そっかぁ』
「だから、今すぐ返事いらないって言われて、正直ホッとしたんだ」
　この関係が壊れるのが、正直こわいんだよ。
　イエスかノーかで聞かれなくて、本当によかった。
　今すぐ付き合うのだってできないけど、アユのことを振るのだってしたくないもん。
　傷つけたくない。
『まぁ、あたしは時間の問題だと思うけどね』
　すると、真由香はなんだか意味深なことを言う。
「え？　時間の問題って？」
『ふふふ、好きになるのも時間の問題じゃないのってこと』
「えっ!?」
　なにそれ！　まさかそんな……。
『だってそれだけ美優のことを思ってくれてて、しかもイケメンなんでしょ？　今すぐにはムリでも、そのうち好きになるかもしんないじゃん』
「えっ！　いや……それはそうかもしれないけど……」
　でも、そんなの全然想像できない。
　アユのことを好きになるとか、アユと付き合うとか。
　いや……やっぱり、ないないない!!
『これから先が楽しみだね〜。進展、期待してるよん』
「ちょ……っ、やめてよー！　わかんないから、そんなの！」
　真由香はヒュ〜！とか言って冷やかしてくる。
　やめて〜!!

だからあたしはだんだん恥ずかしくなってきて、「また
ね！　おやすみ！」と慌てて電話を切った。
「……はぁー」
　時間の問題……？
　そんなことあるのかな？　そういうもん？
　真由香にそんなこと言われたら、ますますアユのこと意
識しちゃうじゃん。
　ダメだよ。明日も学校なのに……。
　あーホント、どんな顔して会えばいいんだろ……。
　そんなことを考えていたら、またドキドキして、眠れな
くなってきて。
　ベッドの上で抱き枕をギュッと抱きしめながら、バカみ
たいにひとりで足をバタバタさせていた。

* 第2章 *

普通にできないよ

　次の日、あたしは学校に着くなり、絵里のいるD組までダッシュで向かった。
　とにかく自分の教室にいたくなくて……。
　恥ずかしくて気まずくて、とてもじゃないけどアユとまともに話せる気がしない。
　だから、アユと顔を合わせる前に、どこかに身を隠さなきゃ！
　そんな思いでいっぱいだった。
　下駄箱でも廊下でも、キョロキョロ不審者のごとくあたりを見まわしながら移動して、ようやく辿りついた絵里の机。
「はぁーっ」
「おはよ、美優。なにすでに疲れてんの？」
　絵里はあたしを見るなり、苦笑いしている。
「だ、だって……見つからないように」
「歩斗に？」
「うん……」
　そう答えたら、ブブッと吹だされた。
「あははっ！　もー意識しすぎ!!」
　いやいや、意識しすぎって……するでしょ!?
　仮にも同じクラスなわけだし……。
　今まではあたり前のように毎日一緒にいたけど、さすが

に好きって言われたら……ね。
　しかもキス……しちゃったし……。
　アユは『今までどおりで』って言ってたけど、ホントはあたしだってそうしたいけど、やっぱり今までどおりになんて、できるわけがないよ。
　どうしたって意識しちゃう……。
　だからどうしていいかわかんなくて、絵里のところに来たんじゃん！
　絵里は頬杖をつきながら微笑む。
「っていうかあたしは、美優が今まで気づかなかったことのほうがビックリなんだけど」
　え……？
　不思議なことに、どうやら絵里はアユがあたしを好きだって知ってたみたい。
　あたしが昨日テンパりながら絵里に報告したら、驚くどころか『ついに告ったか！』なんて言われちゃったし。
「いやいや、気づかないよ！　あれのどこが!?　たしかに仲よくはしてたけど、全然好きっぽい態度出してなかったじゃん！」
　どちらかといえば、いつも嫌味とかイジワルばっかりだったし。
「出してたよ〜、バレバレじゃん。歩斗が自分からあんなに構うのは、いつだって美優だけだよ。それなのに美優ったら、彼女持ちにキャーキャー言ってたり、チャラい先輩にダマされたり……まったくあたし、歩斗が気の毒で仕方

なかったわ」
「えーっ？」
　そ、そうなの……？
　そう言われて、今までのことを振り返ってみる。
　たしかにアユは、いつもなにかとあたしに構うところはあったけど、べつに……。
　うーん……。
　でもまぁ、言われてみれば優しいところもあったし、あたしが気づいてなかっただけなのかも。
　いや、それにしても落ちつかない。
　本当にどんな顔して会えば……。
　すると絵里は突然ニヤリと笑って、あたしの顔を覗きこんできた。
「それよりさぁ、どうだったー？　ファーストキスは」
「……はっ？」
「だって、初めてなんじゃなかったっけ？　今井先輩から死守したって言ってたもんね？　美優」
　うっ……。
　そう言われてみれば、そうなんだ。
　あたしはなんと、貴重なファーストキスを友達に奪われるという……。
「ど、どうって……いきなりすぎて、よくわかんなかったよ！　だってまさかあのタイミングで……って、思い出させないでよ〜!!」
「あははっ！　ドキドキした？」

「した……っしてないっ!! わかんない! やだもうっ!」
　恥ずかしくて、まっ赤に火照る顔を両手で覆いかくす。
　ダメだもう、思い出すとドキドキして……。
　べつにアユのこと、好きとかそういうわけじゃないのに、キスされたことが自分の中で衝撃的すぎて、ずっと頭から離れない。
「やだ美優、照れちゃってかわいい〜」
　絵里はますますニヤついて、あたしの反応をおもしろがっている。
　いやいや、あたしもなに照れてんだろ……。
　だけど正直なところ、キスされたこと自体はそんなに嫌じゃなかった。
　もちろん、できることなら初めては好きな人としたかったけど……。
　今井先輩にされそうになった時は、嫌悪感しかなかったのに、不思議。
　まぁ昨日のはいきなりすぎて、考えるヒマもなかったんだけどね。
「あーでも、どうしよう。気まずい……。どんな顔して会えばいいんだろ」
「普通にしてればいいんじゃん? だって、いつもどおりでって言われたんでしょ?」
「そうだけど……その普通がどんなだったか、忘れちゃったよ」
　そう。なんかもう意識しすぎて、今までどんなふうに接

してたのか、わからなくなってる。
　こんなんじゃ、ダメだよね……。
　アユのこと避けちゃいそう。
「ふふっ、なんか恋する乙女みたいじゃん。美優」
「はっ……!?」
「そうやって意識してるうちに、好きになっちゃうかもよ？　美優は鈍感だから、そのくらいがちょうどいいよ」
「えっ？　なにが？」
　　──キーンコーン……。
「あ、チャイム鳴った。それじゃ頑張って〜」
「うわぁぁっ！　ちょっと待って……」

　そんなこんなであっという間に朝のHRの時間。
　あたしはしぶしぶ自分の教室に戻った。
　うしろのドアから、こっそりと中に入る。
　すると、ある光景が目の前に。
「アユくん、どうしたのー？　大丈夫ー？」
「痛そう！　誰にやられたのぉ〜？」
「先輩とケンカしたって聞いたんだけど、マジ？」
　クラスのギャル３人に囲まれてるアユ。
　うそぉ〜。なんでこのタイミングで……。
「さぁ、知らね。忘れた」
「えー忘れた？　ウソだ〜。そんなわけないじゃん！」
「ひどいね〜。アユくんの顔に傷つけるとか、最低ー」
　みんな口々に心配してくれちゃってる。

たしかにあの顔のケガは突っこまれるよね。
あたしは気づかれないようにこっそりと、その横を通りすぎた……つもりだったんだけど。
「……おい、美優」
どっき———ん！
呼びとめられちゃった……。
ドキドキしながら、振り返る。
そしたら、アユとバッチリ目が合って。
「あ……お……ぉはよ！」
噛み噛みの挨拶。
「おはよ」
アユも心なしか、ちょっと照れくさそうだし。
ダメだ、全然普通になんてできないや。
意識しないなんて、やっぱムリだよね。
「ねぇ美優っち、これどうしたか知ってるー？」
そこにギャル集団のひとり、橋本さんが尋ねてきた。
アユの口もとの傷を指差して。
あたしはまた、ドキッとして焦る。
いやいや、知ってるけど、言えない……。
というより、早くここから立ちさりたいよ〜。
「ど……どうしたんだろうね〜？　アハハ……お大事にね、アユ。あっ、それじゃ先生来るからっ！」
そう言って、そそくさと自分の席へ戻ってしまった。
うわぁ〜、なんだ今の。
不自然極まりないよ、あたし……。

ダメだ……。意識しすぎて、いつもみたいに話せる気がしない。
　アユだって絶対変に思ったよね……。

　その後、2時間目は体育館で体育の授業だった。
　体育は2クラスずつ合同でやるから、あたしたちC組はいつも、絵里たちのD組と一緒。
　チャイムが鳴ると同時に、あたしは急いで体操服を持って教室を出た。
　体育館で体育の時は、男子がバスケで女子はバレー。
　広い体育館を半分ずつ使って行う。
　だから毎回男子が試合している時は、ヒマな女子が見学に群がっていて、アユなんかはいっつもキャーキャー言われている。
　元バスケ部みたいだし。
　あたしもいつもは絵里と一緒に声かけしながら、それを応援していた。
　だけど今日は……。
「きゃ～っ！　アユくーん！　がんばってぇ～！」
「歩斗くん、遼くん、カッコいい～！　ファイトー！」
　バスケの試合が始まると、女子たちの声援が飛びかう。
　アユを含めた人気のある男子が試合をしている時は、女子はバレーそっちのけで応援。
　先生も苦笑い。
　アユは現役バスケ部顔負けの活躍ぶりで、軽やかに

シュートを何本も決めていた。
　たしかに、バスケをしてる時のアユはカッコいい。
　前からそう思ってた。
　だけど、今日あらためて見ると、なぜかそれがもっとカッコよく見えちゃったりして……。
　ダメだ。やっぱおかしい。
　恥ずかしくて、いつもみたいに「アユがんばれー！」とか言えないよ……。
　すると、絵里がふとあたしの隣にやってきて。
「あれ～？　今日は応援してあげないの？」
　なんて肘で小突いてくる。
「え……だってなんか、もう間に合ってるし……」
「もーなに照れてんのー？　美優の応援があれば、歩斗もっとやる気出るよ。ほらほら、声出して！」
「ええっ!?　いいよ、あたしは……」
　そう言われるとますます恥ずかしく思えて、声なんて出なかった。
　絵里は隣で、これ見よがしに応援に参加する。
「歩斗～！　ちゃんと見てるよー！　もう１本!!」
　そして挑発するかのようなその声は、アユの耳にちゃんと届いていた。
　ドリブルしながら、チラッとこちらに目をやる。
　……あっ。
　そしたら、うっかりまた目が合っちゃって。
　そのままアユは、ディフェンスをくぐり抜けるかのよう

に華麗にかわし、ゴール前まで走りでた。
　……わぁ、すごっ……。
　軽々と長い腕でシュートを放つ。
　——スポッ。
「「きゃぁ〜っ!!」」
　その瞬間、またしても女子たちの大歓声が湧きおこった。
「アユくんすごい〜！　ナイスシュート〜!!」
「カッコいい〜!!」
　あたしも一瞬クギづけになる。
　すごい。ホントに決めてるし……。
　なんだかわけもなくドキドキした。
　悔しいけど、今のはカッコいい……。
　絵里はそれを見て、またクスリと笑う。
「ふふ、これ、好きな子が見てると頑張れるってやつだね〜。たぶん」
「えっ!?　今の？　あたし関係ないでしょ！」
「どうかな〜。今、美優の姿確認してたもんね？　一瞬」
　……って、絵里がわざとこっち向かせたんじゃん！
　なんて思ってたら笛が鳴って。
　——ピーッ!!
　アユたちのチームの試合が終了した。
　ぞろぞろとコートからはけていく男子たち。
　そしてその一部に群がる女子たち。
　アユの周りには女子がたかってる。
「アユく〜ん！　今のシュート、すごかったぁ〜」

「歩斗くん、おつかれさまー！」
　だけどなにを思ったのか、アユはそんな女子たちをムシして、あたしのところまでスタスタとやってきた。
　わわっ、なんで……？
「おい、美優」
　名前を呼ばれてドキッとする。
「な……なに？　どうしたの？」
「今の見てた？」
「えっ？」
　今の見てたって……。
　シュートのこと？
「み、見てたよ……。いちおう……」
　あたしがそう答えると、なぜかムッとするアユ。
「……いちおうってなんだよ」
　えぇ〜っ!?　なんで怒るの？
「見てたってば……!!　ちゃんと！」
「なら、いいけど」
　え……なに？
　それは、見ててほしかったってこと？
　するとその時、向こうから女子軍団がアユを呼ぶ声が聞こえてきた。
「ちょっと〜アユくーん！　シカトしないでよー！」
　それを聞いてハッとする。
　たしかに……アユったら今、思いきりあの子たちムシしてこっちに来たんじゃん！

なんか若干にらまれてるような気もするし……。
　あたしは慌てて追い返した。
「ちょ……ほらっ、向こう呼ばれてるよ！　行ってきたら？　シカトはよくないって！」
　するとガシッ、といきなり腕をつかまれて。
　ドキッ……。
「行かねーよ」
　……はい!?
　鋭い瞳で見つめられる。
「俺はあいつらじゃなくて、お前と話したいんだけど」
「えぇっ!?」
　ちょっと……なに言ってんの？
　なんか変だよ……アユ……。
　あたしはもう恥ずかしくて、なんだかこれ以上、アユとこうしているのが耐えられなくなってきた。
　つかまれた腕が、熱くて……。
　体まで熱くなってくる。
　昨日のこと、また思い出しちゃったよ。
　アユの顔、やっぱりまともに見れない……。
「ごっ、ごめん……。あたし、そろそろ試合出るから！　い、行くね！　じゃっ!!」
　そして、ついにはそんなことを言いすてて、無理やりその場を立ちさってしまった。
　アユの手を強く振りはらって。
　アユはまだなにか言いたそうにしてたのに。

どうしよ……やば……。
これじゃ、人にシカトするなとか言えないよね。
なんでこんなふうに不自然な態度ばっか取っちゃうんだろう……。

「意識しすぎだよー、もう。今までどおりにしてればいいじゃん」
「だから、それができないんだって！　どうしよう〜」
「でも避けるような態度取ったら、歩斗がかわいそうだよ」
「う……うん……」
　昼休み、中庭でお昼を食べながら、絵里に相談してみた。
　結局、あのあとアユとは全然しゃべってなくて、向こうもあれから話しかけてこなかった。
　おかしいよね……。
　いつもなら休み時間のたびに、教室で一緒にしゃべってるんだけど。
　なんでこんなふうになっちゃったのかなぁ……。
　アユの気持ちはすごくうれしかったし、今までどおり仲よくしたいのは山々なのに。
　それ以上に、恥ずかしい気持ちが勝ってしまう。
　ダメだなぁ……あたし……。
　パンをかじりながら、中庭の奥をぼーっと眺める。
　宮園先輩たちは今日もそこにいて。
　だけどなんだかそれを見ても、テンションが上がらない。
　昨日に引きつづき、急にいろいろありすぎて頭がついて

いかないよ。
　するとそこに、誰かやってきた。
「あーっ！　またここにいたか、お前ら。昼休みは中庭来れば、たいていいるよな」
「わぁ政輝！　……と歩斗」
　……ドキッ。
　絵里の声にビクッとして振り返ると、政輝と一緒にまさかのアユまでそこにいた。
　うわぁ……ウワサをすればってやつ？
　どうしよう。なんか……顔合わせづらい。
「なに、どうしたの？　もうお昼食べたの？」
「食ったよ。俺ら、学食で。そしたら、ジュース買いまちがえて。これやるわ、絵里に」
　政輝はそう言うと、手に持っていた紙パックのフルーツオレを絵里に手渡した。
「なにこれ、また押しまちがえたの？」
「そうそう、隣のコーヒー選んだつもりがさぁ。甘いのダメだから、俺」
「バカだねーもう。何回目よ」
　微笑ましいカップルの会話に癒されながらも、なぜかいつもみたいに軽く割りこめない。
　アユは隣で壁にもたれかかりながら、スマホをいじってるし。
　うーん……。
　すると政輝がなにげなく……。

「あっ、つーかまたミヤ先輩いる。佐野先輩もいるし、サッカー部だらけじゃん。美優もお前、こりないよな〜。またミヤ先輩追っかけて、こんなとこでメシ食ってんのか」
　……えっ。
　そう言われて少し焦った。なぜか。
　だってべつにあたし、今日は宮園先輩を見るために中庭に来たわけじゃなくて、ただ外でお昼を食べたかっただけなのに。
　しかもアユの前で、今そういうこと言わないでよ……。
　なんかアユの顔くもってるし……。
「ち、違うよ！　べつに今日はただ……」
「……政輝、俺、先行ってるわ」
　えっ、ちょっ……！
　するとその言葉に反応したのか、アユはため息をつくと、そのまま政輝をおいてスタスタ歩いていってしまった。
　ど……どうしよう……。
　またしても気まずさに拍車がかかっちゃった感じ。
　アユ、すごい不機嫌そうだった……。
　それを見て政輝はポカン。
　だけどそんな政輝の背中を、横にいた絵里が思いきり叩いた。
　——バシッ！
「いてっ!!」
「バカ！　アンタ空気読め！　なんで今、そういうこと言うかなぁ？」

「えっ？　なに怒ってんだよ、絵里……」
「だって、好きな女に避けられたうえに、その子がほかの男追っかけてんの見たら、どんな気持ちになると思う？　アンタ歩斗のこと、応援する気あんの!?」
「え……避けられてるって……美優に？」
「そうだよ」
「なんで、美優お前、歩斗のこと避けてんの？」
　政輝は驚いた顔で聞いてくる。
「え……いや、避けてるつもりはないけど……。なんかどう接していいかわかんなくて……」
　あたしが下を向きながら答えたら、政輝は今度はなにか納得した様子。
「あちゃー……なるほどね。どおりで歩斗、テンション低かったわけだ」
「えっ……」
　……そうだったんだ。
　アユはやっぱり、あたしがよそよそしい態度を取ったせいで、落ちこんでるんだ。
　それを知ったら、すごく胸が痛くなった。
　ごめんね、アユ……。
　やっぱダメだよね、このままじゃ。

　──ブブブ……。
　帰りのＨＲの最中、スマホが震えたので確認すると、
【今日の部活はかならず出てね！

月に一度の作品提出の日でーす！　by部長】

ハルカ先輩からのメッセージだった。

げーっ、今日作品提出？

今初めて聞いたような……。

面倒くさいけど出なきゃ。あと少しでマスコット編みおわるし。

しぶしぶ了解のスタンプを送る。

はぁ……。

本当なら今日は、アユと一緒に帰ろうかと思っていたのにな。

このまま気まずいのも嫌だし、普通にまた話せるようになりたいし。

だけどこういう時にかぎって部活とか……。

でも作品提出だけはちゃんとやらないと、ヘタしたらウチの部、廃部になっちゃうからなぁ……。

HRが終わり、モヤモヤした気持ちのままカバンを持って立ち上がる。

せめてバイバイくらいは言おうかな……なんて思ってアユを探すけれど、もうすでに教室にはいなかった。

あれ？　なんで……？

いつもなら、「帰んぞ」とか言って、すぐあたしのところに来るのに。

もしかしてやっぱ、怒ってる……？

仕方なく教室を出て、旧校舎にある部室まで向かった。

1階に下りて下駄箱の近くを通りすぎる。
　すると急にうしろから手を引かれた。
「……わっ！」
　驚いて振り返る。
　するとそこにいたのは……。
「えっ、アユ……！」
　なんと、その手を引いた人物はアユで。
「び……ビックリした。どうしたの……？」
　ドキドキしながら声をかけたら、アユは少しムスッとした顔で言った。
「どうしたの？じゃねーよ。一緒に帰んねーの？」
　……え。
　あれ？　だってアユが先に教室出ちゃったのに。
　なんだ……。一緒に帰ろうと思ってくれてたんだ。
「え？　アユこそてっきり先に帰ったのかと……」
「ちげーよ。ちょっと呼ばれてたんだよ」
　……あぁ。もしかして女子からの告白とかかな？
「とにかく、帰んぞ。俺、今日バイトないから」
「あ……うん。でも……」
　ダメだ、どうしよう……。
　今日は部活が……って言おうにもグイグイと腕を引っぱられてしまう。
　相変わらず強引で。
　そしてそのままズルズルと下駄箱まで連れていかれてしまった。

「あのー……ごめん。アユ……」
　立ちどまったところで、しぶしぶ申しでてみる。
　あたしだって本当は一緒に帰りたいけど。
　いつもみたいに誘ってくれてうれしかったのに。
　ごめんね……。
「は？　なにが？」
　アユは少しイラついたように聞き返す。
　そしたらバチッと目が合って。
　その瞬間、あたしはなぜだかその目をそらしてしまった。
　無意識に。
　あーまたやっちゃった……！
「あの……今日は部活に出ないといけないから。だからごめん、一緒に帰れないや」
「……は？」
　は？って……。
「あの……」
　だけど、アユの顔をおそるおそる見上げると、ひどく傷ついたような顔をしていて、ビックリした。
　ウソ……どうしよう。
　アユはため息をこぼす。
「……なんだよ、その態度」
「えっ？」
　急にそんなことを言われて、さらに驚く。
「え、だから今日は……」
「そうじゃなくて。なんなのお前、今日。すげぇ、よそよ

そしいし、今だってろくに目も合わせねーし。俺のこと避けてばっかだろ」
「……っ」
　やっぱそう思われてたんだ……。
　やばい、なにも言えない。
「そんなに俺の気持ち、迷惑だった？」
　……えっ!?
　そう言ってあたしを見つめるアユの瞳は、とても悲しげだった。
　あぁ……たぶんきっと今日一日で、あたしはたくさんアユのことを傷つけてしまったんだろう。
　どうしよう……わかってたのに。
　なんでもっと普通にできなかったんだろう。避けちゃったんだろう。
　アユの顔を見て、今さらながら自分の態度を反省する。
「ち……違うよ！　あの……ごめんね。あたし……」
　そうじゃないんだってば……！
「もういいわ」
　だけどもう遅くて。
　あたしが言いわけをする前に、その言葉は遮られてしまった。
　アユは下駄箱から革靴を取りだすと、バンッと下に放る。
「ねぇ、アユ待ってよ！　違うよ!!」
「じゃあな」
　そしてそのまま靴を履いて背を向けて。

「……アユっ!!」
　振り返ることはなかった。
　……行っちゃった。どうしよう……。
　アユのこと怒らせちゃった。
　傷つけちゃった。
　だけど、わるいのは……全部あたし……。
　恥ずかしいとか意識しちゃうとか、そんなくだらない理由で、アユの気持ちを踏みにじるようなことをしちゃったんだ。
　どうしよう、謝らなくちゃ。
　なにやってんだろう……。
　ちっとも迷惑だなんて思ってないのに。
　どうしてあんな態度ばっか取っちゃったんだろう……。

　そのあと、しぶしぶ部活に顔を出したあたしは、ハルカ先輩に一部始終を報告した。
「えーっ!?　それはアユくんかわいそうだわ～！」
　部室にハルカ先輩の大声が響きわたる。
「シーッ！　先輩、声デカいから!!」
「だって～！　あのアユくんがやっと素直になったっていうのに、そんな態度を取ったらそりゃショック受けるよ！　美優のバカ、バカ、バカ！」
「……っ、だってぇ……」
　月イチの作品提出のためのマスコットを編みながら、先輩に懺悔。

なんだかもう半泣き状態。

アユのさっきの顔を思い出すと、胸が痛くて……。

ハルカ先輩からは、さっそく説教をくらった。

「いや、意識しちゃうのはわかるけどさぁ、思い出してみなよ。アユくんは美優のためにイマジュンを殴ったんだからね？ 襲われた時だって、一番に助けに来てくれたんじゃん。それもすべて、美優のことを思ってでしょ？」

「う……はい……」

「それでそんなふうに避けられたんじゃ、あんまりだわ〜。ツライって」

「……ですよね」

先輩の言うとおりだ。

アユはいつだってぶっきらぼうだけど、あたしのことをいろいろと助けてくれて。

そうやってさんざんアユに世話になっておきながら、告られたとたん突きはなすとか、あたしは最低だ。

自分でもわかってる……。

それに本当は、あたしだって仲よくしたいんだ。

だけどいざ、アユを目の前にすると、どういう態度を取ったらいいのかわからなくなっちゃって。

今までの距離が近すぎて、余計にわからない。

今までは普通にできたことだって、アユの気持ちを知ったうえでは、むずかしいっていうか……。

一緒に帰ったり、ふたりで出かけたりするのだって、友達としてそうするのと、男として意識するのだったら、全

然違うし。

　はぁ……。どうしたらいいんだろ。

　とりあえず謝らなくちゃだよね。

　迷惑だなんて、誤解されたままじゃ嫌だし……。

　だけど、なんて言えばいいのかな？

「とにかく謝るしかないよ。それでちゃんとアユくんに伝えなくちゃ。美優の今の正直な気持ち」

「……はい」

「そもそも、アユくんの気持ちに気づいてなかった時点で鈍感すぎだしね！　わかってないよ、ホント美優は。あたしが今まであれだけアユくんを推(お)してたのに、見向きもしないでさぁ。それが告られたとたん、意識しすぎてコレだから。もうっ！」

「スイマセン……」

　ハルカ先輩はかなりご立腹(りっぷく)みたいだった。まぁムリもないか。

　今井先輩の件に続き、いろいろ心配かけてるし。

　いつもなんだかんだ、相談にのってもらってるもんなぁ。

　ホントにみんなに申し訳なくて、泣けてくるよ……。

　するとその時、うしろから声をかけられた。

「おぉ！　相変わらず石田は編みもののセンスがあるなー。編み目がきれいで、しかも速い。いい仕事してるぞ」

　久々に聞いたその声に少しドキッとしてしまったのは、ハルカ先輩にはもちろん内緒だ。

　振り返ってみれば、相変わらずの爽やかな笑顔……。

「部長！」
　現れたのはうちの手芸部部長こと、3年の如月春樹先輩。
　部長のくせに、最近部活にあまり顔を出さない。
　ちょっと変わった王子様系イケメン手芸男子。
　実は、あたしが手芸部に入ろうと思ったきっかけは、この部長とお近づきになりたかったからだったりする。
「久しぶりだなぁ、石田。元気にしてたか？」
「え……部長こそ、なにやってたんですか？　めちゃめちゃ久しぶりじゃないですか！」
「僕は受験生だからね、いろいろと忙しいんだよ。石田も元気そうでなにより。腕もなまってないみたいだしな」
「は……はぁ……」
　いやいや、ぶっちゃけ全然元気じゃないけど、今……。
　っていうか部長、受験生だとか言って、部活サボりすぎだから！　なにしてんですか、ホントに。
「そんな石田に、僕からプレゼント」
　……へっ？
　そこに差しだされたのは、袋に入った大量の毛糸玉。
　しかも全部黒。
「……なにこれ？　黒の毛糸」
「そうそう、たくさん余ってるから、よかったら使ってくれ。みんな黒は使ってくれないんだよ。かわいそうになぁ」
「そうなんですか。べつにいいけど……。てか部長、自分で使えば……」
「じゃあ、よろしくね。僕忙しいから」

って、ただ毛糸押しつけに来ただけ!?
　はぁ……。やっぱり部長って、なんか変わってる。
　せっかくイケメンなのに……。
　この人を追いかけて手芸部に入ったなんて、今思えばアホらしいくらい。
　最初は、なんて素敵な王子様なの!?って思ったのに、話してみたらあまり話が噛みあわないし、自分に酔ってるし、とにかく変……。
「なに～、また春樹の奴、帰るつもりか！　いつもあたしに仕事を押しつけやがって!!」
　すると、去っていった部長を見て、ハルカ先輩が怒りだした。
「結局面倒くさいこと、全部あたしがやってんじゃん！　無責任お飾り部長め！　あーもうっ！」
　ちなみに如月部長は、ハルカ先輩の従兄弟だったりする。
　手芸部の雑用的仕事はいつもハルカ先輩がやっていて、たまにしか顔を出さない部長にいつも腹を立てている。
　なんだかんだ面倒見がよくて、根はしっかり者なんだよね。ハルカ先輩って。
　そういうところ、尊敬してる。
「はーもう、仕方ない……。じゃあ美優、今からアユくんとの仲直り作戦を考えるよ」
　ハルカ先輩は力強くそう言うと、イスに座りなおして足を組んだ。
「……えっ!?　作戦？」

「だって明日謝るんでしょ？　じゃないと、ずっとこのままだよ？」
　そ、そうだった……。
「わかりました……」
「よし、じゃあ仲直り計画その１！」
「え、その１……!?」
　いやそれ……いくつまであるのかな？
　なんかこの話長くなりそう……。

ウサギのマスコット

　翌日、あたしは決心して学校に向かった。
　アユにちゃんと謝ろうって。
　あたしが落ちこんでる場合じゃない。アユのほうがもっと傷ついてるんだから。
　いつもより早く教室に着いて、アユが来るのを席に座ってじっと待つ。
　今日は数学の宿題だって、ちゃんと自分でやった。
　いつもはアユに頼ってばっかだけど。
　しばらく自分の席でスマホをいじっていたら、教室の前のドアからアユが入ってくるのが見えた。
　……あっ。
　朝が弱くて早起き苦手なアユは、いつもどおりギリギリの時間に登校。
　相変わらずの目つきのわるさと姿勢のよさ、そしてスタイルのよさは一瞬で彼だとわかる。
　あたしは勇気を出して、いつものように駆けよった。
「……アユっ、おはよう！」
　昨日の今日だから、ちょっと緊張したけど……。
　アユはあたしが声をかけると、すぐに振りむいた。
　……ドキ。
　だけど一瞬目を合わせるとすぐに、フイッとそらされてしまって……。

「えっ、ちょっと……アユ？」
　そのまま彼はなにも言わずスタスタと歩いていって、自分の机に着くと、ドンッとカバンをおろした。
　え……シカト？
　シカトってひどくない？
「ねぇ、アユ、あのさ……昨日は……」
　それでもめげずに話しかける。
　でもやっぱり、こちらを向いてはくれなくて。
「……なんだよ？」
　返ってきたのは冷たいひと言だった。
　ムスッとした顔で迷惑そうに放つ低い声に、胸がズキンと痛む。
　やっぱり……アユ、まだ怒ってる？
　でも、仕方ないか……。
「き……昨日のことなんだけど、ごめんね。あたし……」
「べつにもういいよ」
「えっ？」
「べつに俺はもう話すことない。っつーか、今はお前と話したくない」
　……ドクン。
　予想外のセリフに、一瞬言葉が出なかった。
　話したくない？　そんな……。
　そこまで言う……？
　──キーンコーン……。
　そしてその時、タイミングわるく予鈴のチャイムが鳴っ

てしまった。
「あっ……」
「チャイム鳴ってんぞ」
「……っ」
　結局言いたいことを、なにも言えなかった。
　っていうかそもそも話を聞いてくれなかったし。
「はぁ……」
　ため息をつきながら自分の席に戻る。
　まさか、話したくないとか言われちゃうなんてね。
　そんなこと思ってもみなかったよ。
　ズキンズキンと胸の奥が痛い。
　でも、もとはといえば、あたしがわるいんだし。
　それにアユって意地っ張りだからなぁ……。
　帰りにでも、もう1回声をかけてみようかな。

　そのままろくに話しかけることもできないまま、時間が過ぎた。
　アユはやっぱり目を合わせようとすらしてくれなくて、あきらかに、今度はあたしのほうが避けられてる気がする。
　謝るタイミングを逃しつづけたまま、一日が終わろうとしていて……いつの間にか帰りの時間。
　ＨＲが終わったとたん席を立ち、まっ先にアユのもとへ向かった。
　アユはダルそうにカバンを肩にかついで、教室から出ていくところだった。

あたしはそれを、うしろから追いかける。
「……待って！　アユ、一緒に帰ろ！」
　だけどその時、前からやってきた別の人物が行く手をはばんできて……。
「石田〜！　見つけた！　会いたかった！　君を探してたんだよ」
　……はぁぁ!?
　アユの横を通りすぎて、あたしに勢いよく近づいてくる如月部長。
　なに、このタイミングのわるさ……。
　あたしは内心焦りながらも、いちおう応対した。
「な、なんですか？　部長。あたし今、急いでるんですけど……」
「大丈夫、僕も急いでるから。忘れ物を渡しにきただけだから」
「は？　忘れ物？」
　すると部長は、カバンの中からなにやら黒い物体を取りだして……。
「はい。これ、僕からのプレゼント。石田にあげたものだろ？　ちゃんと受け取ってくれよ」
「えっ？　これ……っ」
　昨日の黒い毛糸玉だった。
　たったこれだけを渡すために、あんな大げさな……。
「はぁ、どうも……」
　受け取ると、部長は穏やかな表情でにっこりと笑う。

そして満足そうな顔をして、去っていった。
　あ……てかヤバい！　部長のせいでアユのことを見うしなっちゃったじゃん！
　慌てて下駄箱まで走っていく。
　するとギリギリセーフ、アユはまだ靴を履いているところだった。
「あ、アユ！　待って……」
　──がしっ。
　軽く息切れしながらも、なんとかアユをつかまえる。
「よ……よかった、間に合った……。一緒に帰ろ？」
　だけどあたしがそう言うと、アユは一瞬困ったような顔をして。
「……なんだよ。調子いいな、お前」
　またしても冷たく返されてしまった。
「でも、いつも一緒に帰ってるじゃん。それにあたし、話が……」
「言う相手、まちがってんじゃねぇの？」
「え……？」
　意味がわからなかった。
　いつにも増してムスッとして、不機嫌そうで。
　そしたらさらに予想外の、こんなセリフ。
「あいつ……お前の大好きな手芸部部長とでも一緒に帰れば？　さっき迎えにきてただろ」
　……は？
　な、なにそれ……。

そう言いのこすと、またクルっと背を向けてさっさと行ってしまった。
　あたしはポツンと立ちつくす。
　……ダメだ。なんかいつも以上に怒ってる。
　どうしよう……。
　まだちゃんと、ごめんねも言えてないのに。
　全然話を聞いてくれないよ……。

「あーあ。今回はずいぶんスネてるみたいね、アユくん」
「どうしよう、先輩……。ヤバいかもしれない……」
　アユがあまりにもずっと怒ってるので、また泣く泣くハルカ先輩に相談した。
　どんどんギクシャクして、気まずくなっている……。
　この前、今井先輩のことでケンカした時よりも、今回はもっと雰囲気がわるい。
　いつもの軽いケンカとは違って、このままアユと普通に話せなくなっちゃうんじゃないかって思うくらい。
　そう考えたら、本当につらかった。
「まぁもしかしたら向こうも、折れるに折れられなくなってるだけかもしれないけどね」
　ハルカ先輩はそう言うけど……。
　あたしもいつもなら、なにがなんでも謝って仲直りするところを、今回は変に気を使ってしまってダメだった。
　だって、なんでこうなったかというと、アユがあたしを好きってわかったからで……。

だからこそ、下手なことを言えなくて、傷つけたりしたくなくて。
　そのせいで、余計にどこか怖気づいてしまう自分がいた。
「もうこうなったらさー、アナログな手段でいくのはどう？　直接言えなかったら手紙だよ、手紙！」
　すると、ハルカ先輩が急に思いついたように言った。
「……手紙、ですか？」
「手紙ってもらったら、うれしくない？　ほら、バレンタインに手紙とか添えて告ったりするじゃん。話しかけてもダメだったら、今度は手紙でいこうよ。スマホのメッセージとかより、形に残るし、気持ちが伝わる気がするなー」
　それにはあたしも納得。
「わぁ、それいいかも……」
　なるほど、って感じだった。
　たしかに手紙って、自分でも、もらったらうれしいかも。
　しかも直接話すより、言いたいことをうまくまとめられそうだし。
　よし……それもらった！
　言われたとおり、家に帰ってさっそく手紙を書いてみた。
　手紙なんて、中学以来書いてなかったかも……。
　下手くそな字で、何度も何度も書きなおして。
　結局長い文はくどいので却下して、シンプルにまとめた。

『アユ、ごめんね。
　アユの気持ち、ホントはうれしかったよ。

できれば今までどおり、仲よくしたいです。
また一緒に帰ろう。
美優』

それをたたんで封筒に入れて、カバンにしまおうとした時だった。
……あ、これ。
入れっぱなしにしていた黒い毛糸玉と、失敗作で持ちかえったウサギのマスコット。
それを見たら、ふとあることを思いついて。
……そうだ。

翌朝、早起きしたあたしは、誰よりも早く学校に向かった。
そして一番のりで教室に着いて、カバンからあるものを取りだす。
そう……。
昨日の夜、手紙を書いたあと、ふと思いついてあの黒い毛糸で新たにマスコットを編んだんだ。
アユみたいな釣り目の黒いウサギのマスコット。
作ってみたら予想以上にアユに似ていて、自分でも思わず笑ってしまった。
紐をつけてストラップみたいにして、ラッピングして手紙に添えて。
まるで気分はバレンタイン。

朝、誰にも見つからないように、こっそりアユの机の中に忍ばせて……。

　アユが実際どう思うかはわからないけど、自分的にはすごくいいアイデアだと思った。

　今の自分にできる、精いっぱいのお詫びの気持ち。

　アユにちゃんと、伝わりますように……。

　だけど、そのまま帰りの時間になっても、アユからはなんの反応もなくて……。

　もしかして、気づいてない？

　……なわけないよね。

　教科書出し入れしたら、気づくはず。

　あたしはだんだんと、また不安になってきた。

　もしかしたらアユは、手紙を見てもなんとも思わなかったのかもしれないし、逆に見てないのかも。

　あんまり意味なかったのかなぁ……。

「歩斗くーん、これ、今日の日誌なんだけど〜」

　アユは同じ日直の笠原さんと、一緒に日誌を書いてる。

　結局、朝からなにも話してない。

　あたしはアユに声をかけることもできず、そのまま帰ろうと自分の席を立った。

　少しばかり期待していたけど、今日はもういっか。

　やっぱりそんなすぐ簡単に、仲直りできるわけないよね。

　ため息をつきながら教室のドアをくぐり抜けて、トボトボと下駄箱へ向かう。

　放課後のみんなの笑い声が賑やかに廊下に響きわたっ

て、なんだか自分だけとても寂しく感じた。
　一緒に帰ろうって、言えなかったなぁ……。
　下駄箱から靴を取りだして、上履きから履きかえる。
　すると、うしろからまた声がした。
「歩斗くん、日誌付き合ってくれてありがとー！」
「いやべつに。俺も日直だし」
　……笠原さんとアユだ。
　あたしは慌てて上履きをしまった。
　なに、これじゃまるで逃げてるみたい……。
　背を向けたまま、玄関までそろっと歩いていく。
　うしろで聞こえる、ふたりの会話。
「歩斗くんも駅？　電車だよねー？」
「あー、うん」
「あたしもなんだー！　よかったら一緒に帰ろ？　ついでだし」
　って、さすがモテ男。また誘われてるよ。
　あたしはササッと逃げるようにその場をあとに……したつもりだった。
　けど……。
　──ガシッ。
「ごめん、ムリ」
　なぜかうしろから腕をつかまれて。
「俺、こいつと帰るって決めてるから」
　……ええっ!?
　いきなりの出来事に、心臓がドキンと飛びはねた。

だって……アユが……。
　今、なんて言った……？
「えっ、そうなの？　ごめん……。あっ、じゃあねっ！」
　笠原さんは気まずそうに、そそくさとその場を去っていく。
　あたしは今言われたことがまだ信じられなくて、ポカンと立ちつくしていた。
　するとアユがゆっくりと、向かいあうように目の前に来て……。
　初めて今日、目が合った。
　やばい、なんか涙出そう……。
「……アユ」
「帰んぞ、美優」
　その言葉は、いつもの彼で。
　あたしは胸の奥が、じわっと熱くなるのを感じた。
「お……怒ってたんじゃなかったの……？」
　おそるおそる、アユに尋ねる。
　するとアユは、カバンからゴソゴソとなにかを取りだして、あたしに見せた。
　少し照れくさそうに。
「これ……入ってたんだけど」
　……ドキ。
　それはほかでもない、あたしが昨日夜ふかしして編んだ、ウサギのマスコットだった。
　……なんだ。やっぱり気づいてくれていたんだ。

じゃあ……。
「手紙……読んでくれたの？」
「うん」
　アユは静かにうなずく。
　なんだか不思議な感じ。
　やっとアユと普通に話せている。
　あたしはあの手紙とマスコットで、少しでもアユに気持ちが伝わったんだと思ったら、うれしくて軽く泣きそうになった。
　あらためて、ちゃんと謝ろうと切りだす。
「ご……ごめんね。あたし、アユにどういう態度取ったらいいのかわからなくて、避けちゃって……。傷つけて本当にごめん」
　やっと、ちゃんと言えた。
　アユは少し黙ってから、小さな声でつぶやく。
「いや……俺もごめん」
「ううん、アユはわるくないよ！　もとはといえば、あたしが……っ。アユの気持ちホントはうれしかったのに、なんか恥ずかしくて、うまく話せなくて……」
「……は？　そうなの？」
「え？　うん」
　あたしがうなずくと、なぜかちょっと拍子抜けしたような顔をしている、アユ。
「……そんだけ？　それで俺のこと避けてたの？」
　え？　なんだと思ってたのかな……。

「うん。そうだよ？」
　するとアユは、はぁ〜と力が抜けたように思いきりため息をついた。
「なんだ……。俺はてっきり……」
「ん？」
「俺が無理やりキスしたのが……嫌だったんだと思ってた」
　……へ？
　う、ウソっ！
「そんで……すげぇ、ショックで……」
　恥ずかしそうな顔で語るアユに、ちょっと驚いた。
　そんなふうにショックを受けていたなんて、意外すぎて……。
　アユはあのキスのこと、実は気にしてたんだ。
　むしろあたしは、全然気にしてなかったかも。
「ちっ、違うよ……。あたしはべつに……全然、嫌じゃなかったよ……」
「え……っ？」
　無意識に答えたものの、言ったあとで、急に恥ずかしくなった。
　……あれ？　あたし、なに言ってんだろう。
　これじゃ、キスされてうれしかったみたいじゃん……。
　見上げるとアユは目を丸くして、顔をまっ赤にしてる。
「あ……」
　それを見たら、思わずあたしも顔がカァッと熱くなった。
　お互い目を合わせながら、ちょっと気まずい。

ど……どうしよ……。
　するとアユが急に、あたしにぐっと歩みよって、両肩をぎゅっとつかんだ。
　そして顔を覗きこむようにして。
「……っ、なんだよ、それ。そんなこと言われたら、もう１回すんぞ」
　……えぇっ!?
　あたしは慌てて首を振る。
「ちょ……っ、え、ちょっと待って……！　あのっ……」
　だけど、アユの顔がどんどん近づいてきて……。
　やばい……し、心臓が……！
　え……ウソっ、待って……。
「……っ！」
　あと数センチのところで止まった。
「……アホ。冗談だよ」
　び……びっくりしたぁ～……。
　ホッとしたように彼を見上げると、アユは少し頬を染めたまま、イタズラっぽく笑ってる。
　なんかアユの笑った顔、久しぶりに見たかも……。
　そう思ったら不覚にもまた、ドキッとしてしまった。
　アユはそのままあたしから手を離すと、いつの間にかポケットにしまっていたらしいマスコットを取りだした。
　そして、ぶらーんと目の前にぶら下げて。
「つーかコレ……お前が作ったの？」
　あたしを見下ろすアユの目と、ウサギの目がなんだか

そっくりで、思わず笑みがこぼれる。
「そうだよ。昨日作ったの」
「ふーん……。ずいぶん目つきのわるいウサギだな」
「うん。だってモデルの人が目つきわるいからね」
「はぁ？　モデルって俺かよ」
「あははっ、わかってるんじゃん〜」
　すると、ベシッと頭を叩かれて。
「うるせぇよ」
　だけどそう口にするアユの顔は、ちょっとうれしそうだ。
　いつの間にか普段のノリに戻ってるし……。
　あたしもこうやってまた、アユと普通に笑いあえることがすごくうれしかった。
　よかった……。仲直りできて。
　やっぱりアユとはこうでなくちゃね。

　あたりは日が暮れかけていて、空はほんのりとオレンジ色に染まってる。
　あたしたちは駅までの道を、ゆっくりと歩いて帰った。
　アユとは歩いてる途中何度か、わけもなく目が合って。
　だけどもうそらしたりしない。
　にっこり笑って返すと、アユも優しい顔になる。
「なんか腹減った」
「あ、ウソ！　あたしも！」
「食って帰る？」
「うんっ！　じゃあ、久しぶりにあそこ行こうよ！」

「ラーメンな」
「そうそう」
　そしてまた帰り道にいつものラーメン屋で、ふたりで同じラーメンを食べた。
　おなじみの味噌バターコーンラーメン。
　もちろんワカメは、いつもどおりアユが食べてくれて。
　あたりまえのような日常が、少しだけ前より特別に感じられた。
　今さらのように大切に思えた、そんな一日……。

　──翌週。
「おはよー！　アユくん」
「歩斗〜おはよ」
　アユは今日も、相変わらずのギリギリ登校だった。
　眠そうな顔で教室に入ってくる。
　だけどアユが来るなり、急に数人寄っていって……ざわざわと騒ぎはじめた。
「うわっ！　歩斗、お前なんだよ、これ！」
「へぇ〜、ずいぶんとかわいいのつけてんな。お前こういうの趣味なの？」
　一部の男子がなにやらアユのカバンを指差してからかっている。
　……どうしたんだろ？
「うるせーよ、ほっとけ」
　アユは少し恥ずかしそうにしながらもスルー。

だけど次の瞬間、それがなんのことだかわかったあたしは、思わず自分の席から立ち上がってしまった。
 ——ガタッ!
「ウソ……」
 意外すぎて信じられない。
 だって……なんの飾り気もないアユのカバンに、ぶらーんとぶら下がる黒いウサギのマスコット。
 それはたしかに、先日あたしがアユにあげたもので。
 まさかカバンにつけてくれるなんて……。
 慌ててアユの席まで駆けよった。
「あ……アユ、おはよう! ねぇそれ……!」
「ん? あぁ、おはよ」
「つ……つけてくれたの? わざわざ……」
 なんだかものすごくうれしい。けど恥ずかしい。
 だって正直、アユのキャラ的にこういうのはありえないと思っていたから。
 いいのかな……? 本当に……。
 イジられること、まちがいなしだよ?
「なんだよ、わりぃかよ」
 だけどアユはあまり気にしてないみたい。
 むしろわかってて、つけてくれてるみたいで。
 どうしよう……。自分史上最高に作ったかいがあるんだけど。
「わ、わるくないよ……。でも、意外だったから……」
 あたしがそう口にすると、アユは立ったまま、まっすぐ

あたしを見下ろす。
「だってこれ……お前が俺のために作ったんだろ？」
　……ドキ。
「う……うん」
　そんなこと聞かれると、恥ずかしいんだけど。
「だったら、大事にするに決まってんだろ」
　……えっ？
　サラッと口にしたその言葉に、ぎゅっと心をわしづかみにされたような気がした。
　アユが……なんか今すごいこと言った……。
　どうしよう……。
　うれしくて恥ずかしくて、顔がカァッと熱くなる。
　アユも言ったあと、目をそらして少し赤くなっている。
　自分で言ったくせに恥ずかしいんだ。
　そんなアユを見て、思わず口からこぼれた。
「あ……ありがと……」
　アユはまだ横を向いたままで、こっちを向かないけど。
　あたしはなんだか胸がいっぱいで、どうしようもなくうれしい気持ち。
　これは、愛情表現なのかな……？
　意外にもストレートな彼に、ドキドキしてしまった。

俺が教えてやるよ

「絵里はさぁ、夏休みどっか行くの？　政輝と」
　6月下旬。あたしの頭の中はすでに夏休みモードだった。
　夏休みになったらアレに行こうとか、コレをやろうとか、そんなことばっかり。
「もちろん行くよー。花火大会でしょ、祭りでしょ、プールも行くし……8月には軽井沢にある政輝パパの別荘にも行く予定。初の旅行かも」
「うっそ……！」
　だけど、絵里の話を聞いて絶句した。
　なんかすっごいリア充……。
「えーっ、旅行とか行っちゃうんだ！　いいなぁ～別荘とか。別荘ってなによ、うらやましすぎ！」
「まぁ政輝は、家がムダに金持ちだからね」
「いいな～。花火にプールに彼氏とかぁ～。浴衣も水着も着たいけど、もはやカップルのためにあるよね、アレは。ちくしょー！」
　そうだ。なんでこんなに絵里がキラキラして見えるかって……彼氏がいるからじゃん‼
　彼氏持ちだと、イベント盛りだくさんなんだぁ。
　あー、あたしもなんか彼氏ほしくなってきた。
「だったら美優は、歩斗と行けばいいじゃん」
　……え。

なにを言いだすかと思えば……。
「な……なに言ってんの？　アユとプールなんて行くわけないじゃん。なにが楽しくて、わざわざこの貧乳をさらしに……」
「いや、プールは行かなくてもいいけど花火は？　花火大会くらい、一緒に行ってあげれば？　あたしは一緒に行ってあげないよー。今年は」
　むうっ……絵里ったら。
「いっ、行かないよ……！　誘われてないし！　それにアオちゃんとか、クラスの子と行くかもしれないから、今年は。だから、絵里は政輝とごゆっくりどうぞー」
「えーなんだ、つまんなぁい」
　そう。アユとはその後もいつもどおり、一緒に帰ったりしてるけど、べつにまだ付き合いはじめたわけじゃないし……。
　だから、いくら夏がカップルのイベント盛りだくさんだろうと、あたしには関係ない。
　絵里みたいに充実した夏休みは、送れそうにないよ〜。

　昼休みが終わって教室に戻ると、仲よしのアオちゃんに肩を叩かれた。
「ヤバい美優、今日テスト範囲発表だって。さっきうしろの壁に貼りだされてたよ」
　……うそっ。
　げげげ……忘れてた。

なにが夏休みだよ。今日からテスト期間なんじゃん。
またこの時期がやって来ちゃったよ〜……。
5時間目はしかも、大嫌いな数学。
天敵の山田(やまだ)先生、通称山田Tが鋭い目をギラつかせながら教卓を叩く。
この人教え方はうまいんだけど、見た目はどっからどう見てもヤ●ザにしか見えない。
しゃべり方だってほら……。
「お前らァ〜、覚悟しとけよ。今度の期末、赤点取った奴は7月の夏休み全部補習だからな。俺が教えてるからには、まさか取る奴はいないと思うが。なぁ、石田ァ？」
……ひぃいっ!?
みんなの前で、名指しで呼ばれてしまった。
いや、たしかにあたし、中間で赤点取りましたよ。
でもだからって……補習？　そんなの聞いてない!!
ヘタしたら夏休みが台なしなんですけど……。
どうしよ〜!!

「あーこれはもう、美優は花火大会行けないね〜」
「7月は補習生活か。ドンマイ」
帰り道、久しぶりに4人で帰っていたら、絵里と政輝にさっそくイジられた。
ふたりともあたしが数学で赤点を取るって決めつけているし。ひどい……。
「嫌だよ〜そんなの！　頑張るもん！　できるかぎりの努

力はするよ！」
「ホントかよ。とか言ってお前、また変な恋愛ゲームやったり、マンガ読んで終わるんだろ」
「ち、違うよっ！　今回はちゃんとやるし!!」
　アユまで信用してない。
　たしかに中間の時はテスト勉強をサボりすぎたけど、今回はホントにヤバいから頑張るよ、ちゃんと！
「あんまり順位が下がったら、今度こそカテキョつけられるんじゃなかったっけ？　美優」
　……って、あーっ！　そうだった……。
　絵里に言われて思い出した。
　この前の中間テストの結果がひどかったから、お母さんに脅されたんだ。
　あんまり勉強しないんだったら、家庭教師をつけるわよって。
「カテキョなんて嫌だよ……。山田Ｔみたいなのが来たら、どうしよう」
　なんとなくあたしの中では、カテキョっていうとスパルタなイメージしかなくて、ただでさえ大嫌いな数学をビシバシ教えこまれるんだと思ったら、恐ろしくて仕方がなかった。
「いや、それはないでしょー。カテキョってだいたい、大学生とかじゃない？　どうする？　すっごいイケメンが来たら。逆にやる気、出るかもよ」
　イケメン……!?

絵里のイケメンって言葉に反応するあたし。
「だってうちのお姉ちゃんの高校時代のカテキョ、すごいイケメンだったよ。まぁ彼女持ちだったけど……」
そう言われて目の色が変わった。
イケメンなカテキョ？
しかも大学生……年上……。
年上のイケメン……!?
そんな人に、勉強を教わるとか……しかも部屋でふたりきりで。
うっわー……ヤバくない？
いいかもそれ……。
——ビシッ！
だけどその時、そんな妄想をぶち壊すかのように、アユに頭を叩かれた。
「おい。お前、なに変な妄想してんだよ」
「……いったぁ～！」
ひどいっ、いきなりぶたなくてもいいじゃん！
なんで怒るの？
しかもなんか、にらんでるし……。
「べつにいいじゃん！　たとえばの話でしょ」
「必要ねぇよ」
「はぁ？」
　……ちょっと待って。なんでアユにそんなこと言われなくちゃならないんだろう。
　なんて思ってたら、右肩に手を置かれて。

「俺が教えてやる」
　……はい？
「お前の勉強は俺が教えるから。だからカテキョなんて、いらねーっつってんだよ」
　……まさかの俺が教える宣言。
　あたしは驚いて目をぱちくり。
　だけどそんなあたしとアユを、絵里たちがうしろでニヤニヤしながら見ていた。
　こ、これは……どういうこと？
　なんで笑ってんの？　ふたりとも。
　ねぇ……。

　そして……。
　『俺が絶対赤点取らせねーから』との言葉どおり、あたしはこのテスト期間、毎日アユに数学を教えてもらうことになった。
　アユはあたしと違って、毎回学年10位以内に入っている秀才だし、とくに数学は人一倍できるし。
　だから今日の放課後はアユの家に行って、一緒に勉強する予定。
　でも、それを絵里に話したら……。
「ふふふ。歩斗って意外と独占欲が強いんだね〜。わかりやすくてかわいいんだけど」
「えっ？　独占欲!?」
　なぜか冷やかしのオンパレード。

ニヤニヤしっぱなしで、完全におもしろがっている感じだし。
「だから～、美優がほかの男に勉強を教わるのが嫌なんでしょ？　独占欲丸だしじゃん。今までだってねぇ、仕方ないような顔しながら、ホントは美優に勉強教えて～って頼られるの、うれしかったんだよ」
「そ、そうなの……？」
　最近の絵里はホント、こんなことばっかり言ってくるんだから。勘弁してよね～。
「歩斗はハッキリ口に出さないだけで、美優にベタ惚れだから。よかったねー、愛されてて」
「な……っ！」
　いやいや、あたしだってアユがだんだんあからさまな態度を取るようになったのは、気づいてるけど……。
　だからって、そういうことを言われると、やっぱり恥ずかしい。
　冷やかされるのって、慣れてないんだ。本当に。
　こんなにくすぐったいものだとは思わなかったよ。
「でも、さっそく告られた男の部屋に行く美優もまた、大胆だよね」
　するといきなり、そんなことを言われて。
「……えっ!?　ダメなの？」
「いやー……歩斗はまさか今井先輩みたいなことはしないと思うけど。でも好きな子と部屋でふたりきりだもんね。どうなるかな～？　報告ヨロシク」

「……なっ！ なにそれ！」
　どうしよう。考えてなかった……。
　これってまずいの？　どうなの？
　だけどアユの部屋には、今までも何度か行ったことあるし、一緒に勉強とかいつものことだし。
　告られてからは初めてってだけで……。
　やだやだ、なんかちょっと緊張してきた……。
「って、絵里が変なこと言うからじゃんか!!」
「あははっ！　まぁ大丈夫だよ、歩斗なら」
「だ……だよね。あくまで勉強しにいくんだから！　それにアユはそんな奴じゃないって信じてるよ、あたしは」
「うんうん、わかんないけどね」
「ちょっとぉ～！」

　——そして迎えた放課後。
　お互い電車通学のあたしたちは、いつものように学校の最寄駅から電車に乗って、アユの家の最寄駅で降りた。
　あたしとアユは中学は違うけど、家はそんなに遠くない。
　家と家をチャリで行き来できるくらいの距離で、あたしの家はアユより1駅先にある。
　アユの家は静かな住宅街の中の一軒家で、けっこう立派なお家。
　お父さんは大企業にお勤めのエリートで、現在海外赴任中らしく、いまだにあたしは会ったことがない。
「おじゃましまーす……」

そろーりと玄関から中に入ると、家の中は暗くて人の気配がなかった。
「あれ？　誰もいない？」
「……いない。姉貴は最近帰ってこねぇから」
「そ、そっかぁ……」
　アユのお姉さんは有名大学の学生で、超美人さん。
　だけど最近は彼氏の家に入りびたり気味で、あまり帰ってこないんだとか。
　ふたりっきりかぁ……なんて思いながら、アユの部屋へ。
　絵里が変なことを言うから、ちょっとだけ意識してしまった。
　だけどべつに、いつもどおりにしてればいいよね。
　勉強を教えてもらうだけなんだしさ。
　アユの部屋は相変わらずサッパリと片づいていて、あまり余計なものがなかった。
　あるといえば、ベースとギターが１本ずつ立ってるのと、棚に大量のCDと、マンガや小説の文庫本がずらっと並んでいるくらい。
　本をたくさん読んじゃうあたり、あたしとは違うなぁって思う。
　あたしなんて、本はマンガ以外読まないし……。
　部屋のまん中にあるテーブルにふたりで向かいあって座ると、さっそく勉強道具を広げた。
　数学の教科書に問題集、見ただけでため息が出る。
「えっと、じゃあ……よろしくお願いします」

おとなしく正座して、とりあえず頭を下げてみた。
　　するとアユがなぜか立ち上がって。
「つーかなんで、お前そっち座んの？」
　あたしの隣に座りなおしてきた。
「あ、ごめん……」
「教えらんねーだろ」
　しかも、なんかすごく近くて。
　ちょっとドキドキする……。
　そしてあたしの顔を、じっと覗きこむアユ。
「で、どこがわかんねーの？」
　そう尋ねる顔はやっぱりすごく整っていて、思わずじっと見てしまった。
　長いまつ毛に、切れ長の瞳。
　薄くて上品な唇。
　こうやって見るとやっぱり、アユはイケメンだ。
　今さらだけど……。
「……おい」
　でもあたしがそんな感じで、なにも答えずにじーっと見ていたら、コツンと頭を叩かれた。
「なにジロジロ見てんだよ。話聞いてんのか」
「……あ！　ごめん、つい……あはは」
「マジメにやれよ」
　とか言いながらその顔は、少し赤い。
　照れたのかな……？
　こうやって照れるところとか、ちょっとかわいい。

アユは口がわるいけど、なんか憎めないところがあるんだよなぁ。

「じゃあ、まずこの問題から」
　アユはなんだかんだブツブツ言いながらも、丁寧に教えてくれた。
　あまりマジメに数学の授業を聞いていないあたしは、ほぼテスト範囲をまるごとイチからやり直しだ。
　そんな飲みこみがわるいあたし相手にもかかわらず、アユは根気よく説明してくれて、おかげで基本的なところはだいぶ理解できるようになった。
　ヘタしたら教えるの、山田Tよりうまいかも。
　タメなのに、どうしてこんなに違うのかなって思っちゃう。すごいなぁ……。
　教えてもらいながら、その頭のよさとか説明のうまさに感心してしまった。
　おまけに字もきれい。
　スポーツだって得意だし、ベースもうまいし。
　そのうえイケメンとか、非の打ちどころがないじゃん。
　はぁー……。
　アユはこんなに完璧なのに、どうしてあたしなんかのことが好きなんだろ？

　１時間くらい勉強したところで、早くも力つきて休憩になった。

「あー疲れた〜！ もうダメ〜」
　倒れるように、机に突っ伏すあたし。
　そんなあたしの頭をぽんと叩くアユ。
「……俺のほうが疲れたわ」
「あははっ、そうだね。ありがと。ごめんね〜バカで」
　だけど嫌そうな顔をするわけでもなく、呆れたような顔をしながらも笑ってくれる。
　その表情が、なんだかとても優しく見えた。
　アユのこういう顔、好きだったりして……。
　なんだかんだ面倒見がいいんだよなぁ。
「はー休憩休憩……」
　そう言いながら、なにかマンガでも読もうかなーと思って、本棚に目をやる。
　その場から移動しようとしたその時、うっかり隣にいたアユの足につまずいてしまった。
「……わっ！ ごめ……っ」
　──ドサッ！
　軽くアユを押したおすみたいにして、彼によりかかるあたし。
　アユはそんなあたしを支えてくれたけど……。
「……っアホ。なにしてんだよ」
　なんだかすごい密着してしまった。
　なにこの体勢。まずいまずい……。
「ご、ごめんね。ついうっかり……」
　だけど、慌てて離れようとしたら、なぜかグイッと体を

引きよせられて。
　えっ……。
「ちょっ……、アユ……!?」
　そのままアユの腕の中に閉じこめられた。
　こここ……これは……っ、なにが起こってるの……？
　絵里の言葉が再びよみがえる。
『好きな子と部屋でふたりきりだもんね』
　いやいや待って……。まさか。
　アユがそんな変なこと考えるわけないし。
　でも……。
「アユ……う、うごけないよ……」
　あたしがドキドキしながら小さな声で口にしたら、アユはさらにぎゅっと腕の力を強める。
　ドキン……。
「お前がわるいんだろ」
「えっ……」
　わるいって……なんで？
「さっきからジッと見てきたりとか、いきなりくっついてきたりとか、人の気も知らねぇで……」
「えぇっ……!?」
　ちょ……、それはどういう意味……？
　っていうか、今のはわざとじゃ……。
「お前、危機感とかねぇの？」
「……えっ！」
　き、危機感って……。

アユはそう口にすると顔を上げて、あたしをまっすぐ見下ろす。
　そして、なにを思ったのか、そのままゆっくりと顔を近づけてきた。
　え……っ。ちょっと待って……。
　なにコレ。なにこの展開……。
　いやいやいや！　だめっ……ダメでしょ！
　——ゴツン！
「……痛っ!!」
　……あれ？
　だけど、当たったのは彼の額で。
「あんま心臓にわるいことすんな。アホ」
　アユはそうつぶやくと、やっとあたしを解放してくれた。
　あ……焦った〜。
「……ごめんなさい」
　バカ。なにあたしカン違いしてんの。
　キスされるかと思った……。
「はぁ……」
　アユはそんなあたしを見て、深くため息をついてたけど。
　その顔はすごく赤くなっていて、あたしまですごく恥ずかしくなった。
　たぶん、あたしの顔も今、まっ赤だと思う。
　アユがいきなり抱きしめたりするから……。
　それに、変なこと言うから……。
　めちゃくちゃドキドキしたじゃん……もう。

アユはそのあと飲みものを取ってくると言って、ふたり分のアイスコーヒーを持ってきてくれた。
　冷たいコーヒーを飲んで、やっと気持ちが落ちつく。
　一瞬どうなることかと思ったけど、アユが理性のある人でよかった。うん。
　でも、ちょっと照れくさいムードに、お互いなにを話していいかわからなくなる。
　アユもあんまりしゃべらなくなっちゃったし。
　そこであたしは、なにを思ったのか唐突に……。
「ねぇ、アユってさぁ……」
　さっきの疑問をぶつけてみた。
「あたしのどこをそんな……好きになってくれたの……かな？」
　アユの顔をそっと見上げる。
　いきなりそんなことを聞いたもんで、アユは驚いた顔をしていたけど。
「……は？　どこって……」
「だって……あたし、アユみたいに頭よくないし、美人でもないし、色気もないし、すっごいフツーじゃん？　そんなあたしのどこがいいのかなーって……。アユなんてモテるから、女の子選び放題なのにさぁ」
　我ながらちょっと自虐的な気はしたけど、考えてみればすごく不思議で。
　アユは、正直あたしにはもったいないくらい、イイ男だと思う。

だからどうしてなのかなって。
　どうして、あたしのどこを、アユは好きになってくれたんだろう。聞いてみたいよ。
　するとアユは少し考えてから、静かに口を開いた。
「どこって言われても……いろいろあるけど」
「え？」
「まぁ、ひと言でいえば……居心地いいからだろ」
　居心地……？
「お前といるのが、一番居心地いいから」
　……ドキン。
　意外とちゃんと答えてくれた。
　一番居心地いいって……すごくうれしいセリフかもしれない。
「そ……そっかぁ。ありがと……」
「それに……」
　アユは続ける。
「お前は自分のことフツーだとか思ってるかもしんねーけど、俺にとってはそうじゃねぇし、特別だから」
　……え？
「選び放題とか言うなよ。言っとくけど、俺はお前に好きになってもらえねーと、意味ねぇんだからな」
「……っ」
　アユの顔は少し赤くて……でも、あたしをまっすぐ見つめていた。
　特別……。

特別なんて言葉、初めて言われたかもしれない。
アユにとってあたしは、特別なの……？
あんなにチヤホヤされてるのに、あたしだけを特別だって思ってくれているのかな？
なんだかそこまで言われたら、ちょっと心が揺れてしまう。
今までずっと、アユのこと友達として好きだって思っていたけど……。
いつも素直じゃなくて意地っ張りだった彼が、こんなにハッキリと好意を示してくれるなんて……。
そして、それがこんなにうれしいなんて、思ってもみなかった。
どうしよう……。なんか、ドキドキする。
胸が熱い……。どうして？
どんどんアユのことを意識しはじめてるみたい。
あたしホント、どうしちゃったんだろ……。
あたしがそのまま返す言葉に詰まっていると、アユはいきなりどこからか、冊子のようなものを取りだした。
「つうわけでコレ……」
それはたぶん、地元のフリーペーパーかなにかで。
「えっ、これ？」
なんだろう急に……と思ったら、裏表紙をアユが指差した。
「赤点まぬがれたら付き合えよ。つーか、一緒に行きたいんだけど。お前とふたりで……」

そこに載ってたのはなんと、花火の写真。
"第32回○△花火大会
7月××日金曜日開催"
え……？　これはまさか……。
「……花火大会？」
「そう。だから俺は、お前に赤点を取られたら困るんだよ」
「えっ、じゃあ……」
　最初からそのつもりだったのかな？
「だから、勉強を教えてくれるって言ったの……？」
「んーまぁ……半分はそう」
　……半分？
「つーか、どうでもいいだろ、そんなの。それよりお前はどうすんの？　嫌ならべつにいいけど……」
　アユはテーブルに肘をついて、まばたきひとつせずにあたしを見つめてくる。
　どうするって……嫌ならって……。
　そんなの嫌なわけがないよ。
　というか、あたしも花火大会に行きたい。
　アユとふたりで……行ってみたいかも……。
「い、行く……っ。っていうか、行きたい！　行こうよ！」
　あたしがそう答えると、アユは肘をおろしてテーブルから起き上がる。
「じゃあお前、頑張れよ。お前がちゃんと点取らないと、行けねぇからな」
「わかってるよ！　頑張るから、ちゃんと。だから明日か

らもよろしくお願いします」
　ぺこりと小さく頭を下げたら、ポンと手を置かれた。
「……わかった。じゃあ約束な」
　そう言って見下ろすアユの顔はすごく優しくて、なんだか少し胸の奥がきゅーっとなった。
　なんだろう、変な感じ……。
　さっきから、アユにドキドキしてばかりだよ。
　これはあたしが意識しているからなのか、それともアユが気持ちを隠さず表に出すようになったからなのか……。
　どっちにしろ、すごく、くすぐったい。
　いままでとは少し、違う。
　アユのことをただの友達だと思っていた頃とは、少し違う空気……。

　そのあとは、ほかの教科を勉強したり、ふたりでシマシマの曲について語ったりした。
　なんだか時間が過ぎるのが、あっという間に感じられて。
　アユといるのはやっぱり、すごく楽しい。
　話もつきないし、素でいられるし。
　アユはあたしといると居心地がいいって言ってくれたけど、それはたぶんあたしも同じで。
　そういうのが恋のはじまりなら、あたしもこれからこの気持ちが恋に変わるのかも……なんてそんなことを思ってしまった。
　いつか真由香にもそんなことを言われた気がするな。

時間の問題とかって。
もしも本当にアユを好きになったら……。
アユと付き合ったら……。
毎日がどんなふうに変わるんだろう。
あたしたちは、どんなふうに変わるんだろう。
　目の前にいるアユを見つめながら、そんなことを考えてしまう自分が不思議で、なんだかとてもおかしかった。

俺やっぱお前のこと好きだわ

　それからあたしは毎日のように、放課後アユの家に行ったり、図書室で一緒に残ったりして、アユに数学を教えてもらった。

　おかげでこんなおバカなあたしでも、だいぶ問題が解けるようになって、「今度こそ、赤点取らなくてもすむかも！」なんて希望が見えてきた。

　だけど、テスト初日を翌日に控えたある日……。朝のＨＲの時間でのこと。

　担任の藤センが眼鏡をいじりながら出席を取っていると。
「渡瀬……。あれ？　おお、そうだ……渡瀬は熱で休みだったな。まぁ、あいつのことだから、１日休んだくらいでどうってことないだろうが。みんなも体調管理には気をつけろよー」

　……ウソっ？

　まさかのアユが、めずらしく学校を休んだ。

　しかもテスト前日に休むとか……大丈夫なのかな？

　ちょっと心配になる。

　でも思い返せば昨日、冷房のきいた図書室でやたら寒いとか眠いとか言ってたような……。

　あたしの中にだんだんと、なんとも言えない罪悪感のようなものがわいてきた。

　もしかして、あたしが毎日勉強に付き合わせてムリさせ

ちゃったせい……？
　それとも、冷房がききすぎの寒い図書室に通ったのがまずかった？
　もしくは、あたしに勉強を教えるのに時間をとられて、自分の勉強をするヒマがなくて、夜ふかしして頑張っちゃったとか？
　マジメなアユならありえる……。
　いずれにしろ、なにかしら自分がその原因に関わってそうな気がして、申し訳なくなってきた。
　明日も休みとかだったら、ヤバくない？
　追試でも、アユならどうにかなるんだろうけど……。
　熱ってどのくらい出たんだろう？
　これはお見舞いに行くべきかな？
　いや、でも明日テストだし……。
　そんなことを悶々と考えていても仕方がないので、とりあえず、アユにメッセージを送ってみた。
【熱出したんだって？　大丈夫～？　あたしが毎日付き合わせちゃったからかなぁ？】
　だけど昼休みになっても返事はなくて、既読の表示すらつかない。
　すごく嫌な予感がしてきた……。
　アユのお母さんは仕事があるから、たぶん家には誰もいないよね？
　お姉さんもいなそうだし……。
　ひとりで大丈夫なのかなー？

メッセージすら見る余裕がないとか、ホントにぶっ倒れてたらどうしよ……。

「え、歩斗？　俺も送ったけど未読だわ。大丈夫か、あいつ？　明日テストなのに」
　昼休み、政輝に聞いてみたら、政輝にも返事が返ってきていないらしい。
　ますます心配になるあたし……。
「ど……どうしよ。まさかあたしのせいで風邪ひいちゃったとかじゃないよね？　あたしが毎日付き合わせちゃったから……」
「いや、お前のせいじゃん？　頑張りすぎちゃったんじゃねーの？」
「えーウソぉ!?　ちょっと……！」
「もう〜、そんなに心配ならお見舞いにでも行ってあげればいいじゃん。きっと喜ぶよ？　美優の顔を見たら元気になるかも」
　……はぁっ？
　絵里までなに言ってんの〜！
「ええっ、でも、明日テストだよ！　ムリだよ、お見舞いなんて。勉強しないとやばいから、あたし」
　だけどあたしがそう言って軽く拒否すると、ふたりの白い目があたしに向けられた。
「うわー……薄情(はくじょう)だな、お前」
「薄情だわー。あれだけ世話になっといて」

「え……」
「歩斗、待ってるかもよ？　いや、倒れてるかも。メッセージも返せないくらい重症かも！　どうする？」
「そうだよ。あいつ家でひとりだぜ？　様子くらい見にいってやれば？　近いんだし……」
「う……っ、ですよね……」

　……そんなこんなでＮＯとも言えず。
　明日からテストだけど、アユの家に寄ってから帰ることにした。
　まぁ、あたしのせいかは別として、アユは毎日あたしのために時間を取ってくれたわけだし、それで彼の時間をかなり消費させてしまったことにはちがいないし……。
　お見舞いくらい行ってあげたって、いいのかもしれない。
　余計なお世話かもしれないけれど……。
　でもアユが心配なのは、本当だから。
　帰り道、電車に乗ってアユの家の最寄駅で降りると、さっそく近くのコンビニで差し入れのデザートやスポーツドリンクを買った。
　アユの家は駅から近い。歩いて10分くらい。
　ここ数日、毎日のように通って歩きなれた道を、今日もまた歩いて彼の家に向かう。
　はたして大丈夫なのかしら？
　床に倒れたりしてなきゃいいけど……。

門の前まで行くと、インターホンのボタンを押して応答を待った。
　玄関のドアから出てくる元気があるかはわからないけど、たしかアユの部屋にはモニターの子機があったはず。
　──ピーンポーン……。
　１回目で出なかったので、２回目を押したらやっと出てくれた。
　低い声でボソッと。
「……はい」
　……っ、うわぁ……。
　やっぱり心配していたとおり、その声はとてもしんどそうで。
「あ、美優です。熱大丈夫？　あの……お見舞いに来たんだけど……。カギ、空いてるかな？」
　あたしはドアが開いていたら勝手に入っちゃおうと思っていたんだけど、アユはなにも答えないまま数秒沈黙……その後、モニターがいきなり切れた。
　あれっ？　切れた……。
　心配になって、門扉を開けて玄関のドアの前まで行く。
　どうしよ……。やっぱ余計なお世話だったかな？
　すると中から、ガチャッとカギを開ける音がした。
「……美優？」
　……ドキ。
　そこに現れたのは、ガラガラ声で、今にも倒れそうなアユの姿。

ひゃああ〜っ。
「ちょ、ちょっと……大丈夫!?　ごめん……起こしちゃったかな？」
　肩を上下に揺らし、うつろな目をしている彼は、思っていた以上に重症みたいで、すごくつらそうだった。
「……ぜんぜん、大丈夫じゃねぇよ……。ってかお前、なんで……明日テストだろ。なにやってんだよ」
　えっ……なにって……。
「お見舞いだよ〜。あ、メッセージ送ったの見た？　あたしに勉強を教えてたせいで、アユが疲れちゃったのかと思ってさ。あ、コレ差し入れ！　よかったら一緒に食べよ！」
　あたしがそう言ってコンビニの袋を手渡すと、アユは驚いた顔をする。
　そして、少し困ったような表情で。
「お前……一緒にって、帰ったほうがいいんじゃねーの？　うつんぞ、風邪」
「えー大丈夫、大丈夫！　あたし風邪なんてめったにひかないし、ほら、よくバカは風邪ひかないって言うじゃん？　それより、早く部屋に戻ろうよ。病人は寝てなくちゃ」
　そう言って、アユを家の中に押し返した。
　たしかにうつったら困るんだけど。
　でもひどくやつれた顔のアユを見たら、とてもじゃないけどそのまま帰る気にはなれなかった。
　少しくらい、なにかしてあげられないかなって思っちゃ

うよ。

「あ、アユはゆっくり横になっててね」
　部屋に入るなり、あたしはキョロキョロあたりを見まわして、なにか手伝えることを探した。
　どうやらホントにしんどかったみたいで、いつも片づいている部屋に、脱ぎすてた服とか単語帳とかがたくさん散らかっている。
　あたしはとりあえず、せっせとそれらを片づけた。
「おい……なにやってんだよ。べつに大丈夫だから」
　アユは案の定、余計なお世話みたいな顔をしてたけど、気にしない。
　着がえはちゃんと洗濯機に放りこんで、ゴミもきちんと捨てて、勉強道具も整頓してあげた。
「……よし！　片づけ完了‼　じゃあほら、デザート食べよ。アユの好きな黒ごまプリン買ってきたよ」
　袋からいろいろ取りだす。
「あ、これはスポドリね。これはクスリ用のミネラルウォーターで〜」
「どんだけ買ったんだよ……」
「冷却シートも貼るね。おでこ出して」
「はっ？」
　アユの額に買ってきた冷却シートを貼りつけた。
　たしかに額はかなり熱い。
　これはけっこう熱があるかも……。

「熱、何度あったの？」
「39度……」
「うわ高っ‼」
　そりゃスマホ見る気にもならないよなぁ……なんてちょっと気の毒になった。
　アユは苦しそうに息をして、横たわりながらこちらを見ている。
　つらそう……と思いつつも、冷却シートを貼りつけた姿は、なんだか子どもみたいでかわいかった。
「大変だったねぇ。そんな熱あったら……。誰もいないんだもんね」
「……まぁな。仕方ねぇだろ、親仕事だし。まさかお前が来るとは思わねぇしな。しかもひとりで……」
　たしかに……。
　今までならこういう時、絵里たちとみんなでお見舞いに行く感じだったけど、今日はなんかひとりで来ちゃった。
　まぁ、ひとりで行かされたというか……。
　でもこんなに弱っているなら、やっぱり来てよかったなって思う。
　熱の時、ひとりっていうのは心細いよね。
「え～でも、さんざんお世話になったし……っていうか、あたしのせいで疲れて熱出したのかと思っちゃったんだもん。だから心配になって……つい」
　そう答えると、アユは少し目を見開いて、それからまた細めた。

「……心配？　俺が？」
「……え、うん……」
　うなずくと、布団の中から彼の手が伸びてくる。
　そしてふいに、あたしの腕をつかまえた。
　……ドキン。
　その手がすごく熱くてビックリする。
「……手」
「えっ？」
「手……貸せよ」
　なぜか手を貸せと言われてしまった。
　あたしは言われるがまま、手を差しだす。
　そしたらその手をぎゅっと握られて。
　……わっ。
「……冷たくて……気持ちい」
　そう言いながらあたしの手を、自分の頬に当てるアユ。
　ひゃ～っ！　なにしてんの……。
「あ……アユが熱いんだよ……っ」
　あたしが照れながらそう答えたら、ふふっと笑われた。
　目が合って。
　熱のせいか潤んだような瞳で見つめられると、ドキッとする。
　弱っているアユはなんだか、いつもと違う感じがするし。
　変な感じ……恥ずかしいよ。
　するとアユはゆっくりと体をあたしのほうに向けた。
　そして、視線を握った手のほうに移して。

「……でもまぁ、ありがとな」
　かすれた声でつぶやく。
「うれしかった……。お前が来てくれて……」
　……ドキン。
　なんだかいつもより素直な気がするのは、熱のせいかな？
　握られた手から伝染するかのように、アユの体温が伝わってきて、熱い……。
　胸の奥まで熱くなっていくような気がする。
「ううん、べつに……。帰り道だし。倒れてなくてよかったよ」
　一瞬でも自分のテストが心配で、行こうか迷ったなんて、とても言えなかった。
　ただのお見舞いで、こんなにも喜んでもらえるなんて。
　アユの手の感触が、いつになく素直な言動が、またわけもなくあたしをドキドキさせる。
　いつからこんなふうになったのかな？
　やっぱりなんか、意識せずにはいられないよ……。

　それからふたりで、買ってきた黒ごまプリンを食べて。
　アユはいつもすごくおいしそうに食べるのに、今日は味がよくわからないみたいで、少しかわいそうだった。
　だけど朝からほとんどなにも食べてないって言うから、なにか食べられただけでも、よかったなって。
　心なしか来た時よりも少し元気になっている気がして、

ホッとした。
「……ちょっとトイレ」
　プリンを食べて薬を飲んだあと、アユがふとベッドから立ち上がった。
「あ、大丈夫？　歩ける？　ひとりで行ける？」
「ひとりで行けるって……ガキじゃねーよ。大丈夫だから」
「あ……ですよね」
　なんだか変なとこ、突っこんじゃった。
　だけど少し心配。フラフラしているんだもん。
　アユはのっそりとおぼつかない足取りで、ゆっくりと部屋を出ていく。
　あたしはひとり、彼が戻ってくるのを待った。
　こうしていると、このままテストのことなんか忘れちゃいそう。
　今日はもう、夜ふかししてでも勉強を頑張るしかないなぁ……。
　そのまましばらく日本史の一問一答を見ながら待っていたら、いつの間にかずいぶんとページが進んでいて、ふと手が止まった。
　……あれ？
　そういえばアユ、戻ってこない。
　トイレにこもってるわけないよね？
　1階になにか取りにいったとか？　もしくは倒れてる？
　だんだんと不安になってきた。
　ちょっと見にいってみよう。大丈夫かなぁ……。

心配になって廊下に出てみると、アユの姿は見あたらなかった。
　２階のトイレの前まで歩いていく。
　電気が消えているのを見て、まさかとは思ったけど、いちおうノックしてみた。
　──コンコン。
　だけど返事はない。
　さすがにトイレで寝ていたりなんてしないよね……。
　そう思って今度は洗面所まで行ってみた。
　アユの家には２階にも洗面所がある。
　そこに電気がついてるのを見つけて、いた！　なんて思ったのもつかの間……。
「わぁっ！」
　思わず声を上げてしまった。
　だってそこには、苦しそうに息をしながら座りこんで寝ているアユの姿が……。
「だっ……大丈夫!?　なにやってんの!?」
　慌てて自分もしゃがみこんで声をかける。
　そしたら目を覚ましたようだった。
「……ん？　あぁ……美優」
「ちょっと……！　戻ってこないと思ったら、寝ちゃったの？　こんなとこで……」
　いくらフラフラしていたとはいえ、まさか座りこんで寝ちゃうとは思わなかった。
「……ちげーよ。ちょっと休憩してたんだよ」

アユは眠そうな顔で答える。
　いやいや、休憩なんてそんなわけないでしょ……って突っこみたかったけど、アユらしくもない言いわけにちょっと笑ってしまった。
　いつもシッカリしていて抜け目がないアユが、手がかかる子どもみたいに見える。
　微笑ましいというか、かわいいというか。
　仕方ないなぁって、あたし今ちょっと、お母さんみたいな気分だよ。
「ダメだよ。休憩するなら、ベッドでね。はい、立って」
　両手をグイッと引っぱり上げて、アユを立たせた。
「……よいしょっと。ほら、部屋に戻ろう」
　アユの腕を肩にかつぐようにして、二人三脚みたいに歩きだす。
　するとアユは恥ずかしいのか遠慮して、
「いや……大丈夫だから。離せよ。自分で歩ける」
　腕を離そうとしたけれど、
「だめー。酔っ払いみたいにフラフラしてた人が、なに言ってんの。あたし意外と力持ちなんだって！」
　あたしはそのまま強引に連れていった。
　アユはまだなんかブツブツ言ってる。
「おい、美優……」
「なに？」
「……俺、昨日から風呂入ってない」
「うん。そりゃ入ってないでしょ、こんな熱あったら」

「汚ねぇぞ」
「えー？　こんな時になに言ってんの！　そんなこと気にしないよ〜もう！」
　なんだか変なことを気にしているみたいだから、笑ってしまった。
　ホント、アユってカッコつけなのか、強がりなのか。
　こういう時、素直に人に甘えられないんだから。
　べつに汚いなんて、そんなこと思うわけないのにね。
　それより自分の体を心配してほしいよ。
「39度も熱ある人が余計なこと考えないの！　自分のことだけ考えてよね」
　あたしがそう言って笑うと、アユはむうっと口を閉じた。
　そして、しみじみと、
「お前……意外と面倒見いいな」
　なんて言う。
　そんなこと初めて言われたから、ビックリした。
　面倒見いい……？　あたしが？
　あたしはただ弱ったアユがほっとけなくなっただけで、それを言うなら、アユのほうがよっぽど面倒見がいいと思うけどな。
　いつもはあたしのほうが、面倒見てもらってるもん。
　だからたまにはお返ししないと、ね。
「困った時はお互いさまだよ」

　部屋に着くとすぐ、ベッドにアユを連れていった。

「はい、もう今度こそ寝ていいよ。おつかれさま」
　横を向いてベッドに座らせるようにして、ゆっくりと彼の体を下ろす。
　このままアユを寝かせたら、あたしもそろそろ帰らなきゃ。そんなことを思ってた。
　だけどその時、空いているほうの腕をつかまれて……。
　──グイッ！
　思いきり引っぱられる。
　そしてそのまま勢いよく、アユと一緒にベッドに倒れこんでしまった。
「……っわ、きゃっ!!」
　気がついたら、仰向けに寝るアユの胸に、顔をうずめるようにして覆いかぶさっているあたし。
「ちょ……っ、ちょっと～？」
　慌てて起き上がろうとしたら、それをはばむかのように、ぎゅっと両腕で抱きしめられる。
　……ひゃ～っ！
　なんか、とんでもない体勢になってるし……。
　っていうかなに？　アユは眠くてフラフラなんじゃなかったの!?
「ねぇアユ！　は……離して！　あたし、そろそろ帰らなくちゃ……」
　もぞもぞと腕の中でもがきながら訴える。
　だけど返事はなくて。
　ドクンドクンと脈打つアユの心臓の音と、荒い吐息だけ

があたしの耳に響いていた。
　背中に触れるアユの腕が、体が、すごく熱くて……。
　それに包まれているあたしの体まで、どんどん熱くなってくる。
　ドキドキして、頭が沸騰しそう……。
　するとアユがボソッとつぶやいた。
「美優……」
　かすれたような低い声で。
「な、なに……？」
「……俺……やっぱ、お前のこと好きだわ」
　……ドキン。
　抱きしめたまま、いきなりそんなこと言うもんだから、今度こそ心臓が破裂するかと思った。
　好きなんて言葉、はっきり口にされると、やっぱり恥ずかしい。
　それをアユが言うとなおさら。
　これは……やっぱり熱のせいなのかな。
　普段の彼よりもはるかにストレートで……。
「好きだ……美優……」
　アユはさらに手をあたしの頭のうしろに回し、頬を寄せるようにしてささやく。
　あたしはもう、彼の心臓の音と自分の心臓の音がうるさくて、なにも聞こえない。
　もうダメ……。
　ホント……これ以上言わないで……。

「あ、あのっ……」
　なんだか恥ずかしくて、耐えられなくなってきた。
　それにこの体勢。
「あ、ありがと……。でもあの……そろそろ寝たほうがいいよ、今日は。ほら、明日テストだし……」
　……そうだ。明日テストだからあたしも早く帰って勉強しなきゃ、ヤバイじゃん！
　いつまでもここにいたらアユだって寝られないし、いいかげん帰らなくっちゃ。
　そう思って、今度こそ起き上がろうとした時、
「嫌だ……」
　さらにぎゅーっと強く抱きしめられて。
「えぇっ!?　でもあたし、帰んないと……！」
「……離したくねぇよ」
「……っ」
　な、なに言ってんの〜!?
　ねぇ、アユはどうしちゃったのかな。
　こんなアユ、あたし知らない……。
　ドキドキして、心臓もたないよ。
　こわれちゃいそう……。
　そして結局、逃げるに逃げられないままそこにいて。
　……どのくらい経ったのかな。
　お互いそのあとは、ひと言もしゃべらないままでじっとしていた。
　そしたらアユは、いつのまにかスヤスヤと寝息を立ては

じめて……。
　あれ？　寝ちゃった……？
　あたしをラッコみたいに胸に抱いたまま。
　重たくないのかな？　てか、よくこの体勢で眠れるなぁって。
　だけど相変わらず、あたしの体はがっちりロックされたまま。
　今動いたら、せっかく寝たのに起きちゃうかもしれないと思い、少し様子を見ていた。
　アユの心臓の音が聞こえる。
　それにしても不思議……。
　ドキドキするのに、安心するっていうか。
　そう。あの時と一緒……。
　いつだったか、今井先輩に襲われそうになった時だ。
　あの時アユは、心配してすぐに飛んできてくれて。
　思わずあたし、抱きついちゃったんだ。
　その時と同じ匂いがする……。
　男の子の匂い。
　アユの匂い。
　なんだか『ただいま』って言いたくなるような、ホッとする感じ……。
　妙に居心地がよくて、ついつい甘えたくなっちゃうような、この安心感はなんなんだろう。
　今井先輩には触れられるのも違和感があったのに、アユにはそんなこと思わない。

まるであたり前のことみたいに、嫌じゃない。
　キスされた時だって……。
　これは気を許しているから？
　どうしてかなぁ……。
　そんなことを考えていたら、自分まで眠くなってきて。
　気づいたら、意識はどこか遠くへ飛んでいた。
　ふわふわとした温もりの中で目を閉じる。
　そしてあたしはありえないことに、そのまま1時間くらい寝ていたみたいです。ハイ。
　テスト前日にね……。
　目を覚ましたらアユが隣で眠っていて、しかもまだ腕の中にいて。
　慌てて飛びおきて、逃げるように帰った。
　そしてその夜、睡眠時間を削って勉強したのは言うまでもない。
　まったく、あたしのバカ、バカ、バカ。
　バカなのに……これだから……。
　お見舞いに行ったことを後悔しているわけじゃないけれど、まさかあのまま一緒に寝ちゃうなんて、信じられないよね。
　アユは大丈夫だったかな？
　どうか明日のテスト、無事に受けられますように。
　そして元気なアユの姿が、また見られますように……。

第3章

絶対手離すなよ

　数日後……。
　テストは無事終わって、夏休み目前。
「よぉ～、お前らさっそく夏休み気分みたいだけど、気ぃゆるめてる場合じゃねぇぞ。今日はお待ちかねのテストを返す」
「「えぇ～～っ!?」」
　１時間目から数学、そして山田Ｔの脅しの入ったような口調に、朝からクラス全体がどよめいた。
「この結果をしっかりと受けとめて、夏休みは復習に励むように！　なぁ？　石田」
　……ひぃぃっ!!
　なぜか目をつけられちゃってるあたしは、うしろの席だというのに山田Ｔにまたしても名指しで呼ばれ……同時に嫌な予感がして身震いした。
　も……もしかしてこれは……数学ダメだった？
　またしても赤点？
　いやいや、でも今回は頑張ったもん！
　大丈夫だよね……？
　ドキドキしながら、祈るように机の上で両手を合わせる。
　すると、あ行のあたしはすぐに名前を呼ばれた。
「次、石田！」
「はいぃっ!!」

おそるおそる、教卓の前へ。
ドキドキドキドキ……。
山田Tはあたしを見るなり、不敵な笑みを浮かべる。
こわい……。
「石田ぁ、お前どうしたんだ？」
「へっ？」
「俺はなぁ、実に驚いた」
　……え、いったいなんのこと？
　あたしがきょとんとしていると、山田Tはニヤッと笑ってあたしの頭に手をのせる。
「お前、やればできるじゃねーかぁ!!」
「わぁぁっ!!」
　そしてそのまま、わしゃわしゃと髪をかき乱された。
　だけど、その瞬間ものすごくホッとしたのも事実で。
　これは……つまり、赤点取らなかったってことだよね？
　このリアクションは！
「えっ、先生もしや……」
「そのとおりだ。見ろ！」
　ピラッと裏返されたその紙の裏には、信じられないような数字が書いてあった。
　……ご、56点!?
　ウッソ……!!!!
　今まで最高34点のあたしが……56点だよ!?
　これは、夢……!?
「えぇ〜〜っ!?　やったぁ〜〜っ!!」

うれしくて、思わず大声を上げてしまった。
クラス中のみんなの視線が集まる。
「いやぁ〜、なにがあったか知らねぇが、お前がバカじゃねぇってことはよくわかった。これからも、この調子で頑張れよ」
いつもしかめっ面で脅しをかけてくる山田Tが、まさかの満面の笑みを浮かべてるし。これはなにごとかしらと。
それにしてもやった！
すごい！　あたし！
本当にやればできるんじゃない!?
これで夏休みはたっぷり遊べる〜!!
……って、まぁこれも、全部アユのおかげなんだけど。
感謝しなくちゃね。
席に戻る途中、アユに思いきりピースしてテストを見せびらかしたら、案の定口パクで「アホ」って言われたけど。
でもアユもホッとしたように笑ってくれた。
あのあと、なんとか動けるようになったアユはテストも無事受けられたみたいだし。本当によかった。
来週からは、待ちに待った夏休み。
花火大会、晴れるといいなぁ……。

「お母さん！　髪の毛どう？　変じゃない？　帯ずれてない？」
「大丈夫よ！　ちゃんと着つけたから。髪もきれいになってるわよ」

花火大会当日は雲ひとつない空で、とても蒸し暑かった。
　あたしは夕方からバタバタ支度中。
　去年、彼氏がいるわけでもないのに勢いで買った赤い浴衣を出して、お母さんに着つけてもらう。
「あっ、そういえば真由香ちゃんも、今日彼氏と花火に行くみたいよー。会ったら、よろしくだって」
「えっ！　真由香も？　そっかぁ〜。じゃあもしかしたら会えるかな」
　そういえば最近、真由香と電話してなかったな。
「あんたもそろそろ彼氏のひとりくらい、連れてきなさいよね」
「……うっ。わかってるよ〜もう〜」
　お母さんは最近、あたしに彼氏はまだ？とかうるさい。
　同い年の真由香ちゃんには、もうふたり目の彼氏がいるのに……なんて、あんな美少女と比べられてもねぇ……。
「姉ちゃん、なんでそんな気合い入ってんの？　彼氏いねーんだろ？　あ、もしかして男と約束？　どおりでいつもより化粧濃いと……」
「もう啓太ぁっ！　うるさいっ!!　あたしだって、イベントの時くらいおしゃれしたいの!!　ほっといて！」
「ふーん。でもまぁ姉ちゃんに男できても、どうせたいしたことねーか。しょせん姉ちゃんの相手だもんな」
「……ッ、あんたねぇ〜！」
　中2の弟、啓太は生意気ざかりで、あたしがめずらしく着かざっているのをさっきからバカにする。

ホントかわいくないんだから。
「あっ、美優、もうすぐ時間よ！　啓太も！」
　だけどそんな姉弟ゲンカをしてる場合じゃなかった！
　気づいたら、遅刻ギリギリ。慌てて玄関を飛びだす。
「それじゃ、行ってきます！」
「俺も～。行ってくるわ」
「ゲッ、なんで啓太も!?」
　しかもなぜか、啓太と一緒に家を出ることになってしまった。
　生意気にも彼女がいる、こいつ。
　5時に駅で待ち合わせだっていうからさぁ……。
　って、あたしと一緒じゃん!!
　慣れない草履でトボトボと駅まで歩く。
　幸い花火大会はうちの最寄駅近くの河川敷で行われるので、電車で移動しなくていいだけラッキーだった。
　その横を、歩調を合わせて歩く啓太。
「ねぇ、なんであんた先行かないの？　彼女、待ってるんでしょ？」
「えー、だって姉ちゃんの男、どんなのか見てみたいなと思って」
　……はぁ!?
　そんなに興味を持たれるとは思わなかった。
　あたしに似て、ミーハー気質なのかしら、こいつ。
　まぁいいや。アユは彼氏じゃないけどイケメンだし、見てビックリするがいい。……なーんて。

でもこれで、もうバカにできないでしょ。

　駅には人がたくさんいて、誰がどこにいるかわからないくらいざわざわしていた。
「うわっ、スゲーなぁ人……。いつもはまったく栄(さか)えてねーのに」
「ホントだね。それより大丈夫？　彼女、今ごろナンパされてんじゃないの？」
「うーん、どうだろ。でも俺より強いからなぁ、あいつ」
「……ん？」
　するとふと目をやった先に、コンビニの端っこでスマホを持って、イヤホンをつけてるイケメンを発見。
　オシャレな私服に身を包み、この暑い中、涼しげな顔をして。
　うん、やっぱりそうだ。あれは、まちがいない。
「……アユ!!」
　久しぶりに私服姿の彼を見たけど、やっぱりいつ見てもカッコいい。
　あたしはすぐに小走りで駆けよって、声をかけた。
「ごめんね〜！　お待たせ！」
　なんだかちょっとドキドキしちゃうな。
　するとアユはイヤホンを耳から外して。
　なにやらこっちをじーっと見てる。
　しかも無言。……なんで!?
　そしたら背後から思いきり叫ぶ声がした。

「……ッうぇぇっ!?　マジ!?　この人が姉ちゃんの彼氏!?」
　誰かと思って振り返れば、まだいた。啓太。
「うわっ、啓太!!　アンタ、彼女は?」
「いや、それより……すっげぇイケメンじゃんっ!!　信じらんねぇ……お母さんに報告しとくわ。ホントに男と約束してるとは思わなかった……」
　本気で驚いちゃってるから、あたしがビックリだよ。
　そんなにあたしが男子と約束してたら意外かなー?
　でもまぁ、ちょっとしてやったり、って感じだけど。
「あはは、べつに彼氏ではないよ〜。ホラ、絵里の彼氏の親友のアユだよ。前に話したじゃん。あ、アユ、これうちの弟。初めて会ったよね?　よろしく」
「っわぁ、ど、どうもっ!　石田啓太っていいます……!」
　アユを目の前にして緊張気味の啓太は、その場で深々と頭を下げた。
　それがちょっとおかしくて。
　アユはそんなあたしたちを見てプッと笑う。
「……お前らなんか、そっくりだな」
「えーっ、どこが!!」
「いやいや、俺、姉ちゃんほどバカじゃないんで!!」
「なんだってー!?」
　せっかくの浴衣姿も台なしってくらい色気のない姿を、しょっぱなからさらしてしまった。
　するとそこで着信音が……。
　──チャララ〜♪

「あぁっ！　やべー、彼女から電話だ！　それじゃっ!!」
　今さらのように慌てて、彼女のもとへ向かう啓太。
「まったく……」
　やれやれって思いながらその姿を見送ったあとで、あらためてアユの顔を見上げた。
　お互いパッと目が合う。
　だけど、自然と笑みがこぼれて……。
「あーどうも……お騒がせしましたぁ」
「いや。おもしれぇな、お前の弟。つーかなに、お前……浴衣で来たの？」
「あ……うん」
　なんだかそこに触れられると照れる。
　でも気づいてくれて、うれしいかも。
「ふーん……。なんかイメージ違うな」
　そう言いながらアユは、あたしのアップにした髪に優しく触れて。
　……ドキッ。
「まぁべつに、俺は彼氏でもよかったんだけど？」
「……えっ？」
　そしていたずらっぽくニヤッと笑うと、ポンッとあたしの頭に手をのせた。
「んじゃ、行くぞ」
　そのまま一歩前を歩きだすアユ。
「あっ、うん。待って……！」
　慌ててあたしもうしろから追いかける。

でも草履だから、いつもみたいにスタスタ歩けなくて。
　わぁ、ちょっと！　アユ、歩くの早いよ〜！
　なんて思っていたら、彼はすぐまた立ちどまって、こちらを振り返った。
「プッ、やっぱお前、どんくせぇな」
　はぁぁっ!?
「ちっ、違うよ！　草履だから歩きにくいんじゃんか！」
　だけどあたしがムッとして言い返したら、パッと手を差しだされる。
「……ん」
「へっ？」
「手……」
　そのままぎゅっと右手を繋がれて。
　しかも自然と握りなおすかのように、指と指をからませて……。
　いわゆる恋人繋ぎってやつ？
　わぁぁ……なんか……。
　男子と手を繋いだりなんて、ほとんどしたことのないあたしは、もうそれだけですごくドキドキしてしまった。
　アユの手、大きい……。
　ゴツゴツしてて骨っぽくて、男の子の手って感じがする。
　するとアユが前を向いたまま、ボソッとつぶやいた。
「つーか、浴衣……かわいいじゃん」
「えっ？」
　か、かわいいって言った？　今……。

「……そうかな？　あ、これお母さんに着つけてもらったんだけど、髪は自分でやったんだよ。そしたら、けっこう時間かかって……」
「うん。似合ってる」
　……ドキ。
　急に振り返って、そう口にしたアユの顔は少し赤くて。
「あ……ありがと……」
　そんなふうに言ってもらえると、この動きづらい浴衣をわざわざ着てきてよかったなぁって思う。
　アユって口わるいわりに、意外とうれしいことをたくさん言ってくれたりするんだ。
　それにこんなドキドキしちゃうなんて。
　やっぱり最近のあたし、ちょっと変かも……。

　河川敷まで行くと、屋台がたくさん出ていた。
　わたあめに、たこ焼きに、クレープに、かき氷に……。
　見ているだけで、ワクワクしてくる。
「わーっ！　すごい!!　ねぇアユ、見て見て！　イカ焼きおいしそう！　あーステーキ串も～！」
「お前はオヤジかよ」
　……うっ。
　たしかにオヤジくさい食べものにばかり、目がいってしまう。
「す……すいませんね。色気なくて……」
「あぁ、ホント色気ねぇよな」

むうっ……。
　そう言われてあたしがちょっとむくれると、アユはクスッと笑った。
「……まぁ、そのほうがお前らしくていいけど」
　その顔がなんだか優しくて。
　なんだろ……。バカにしてるんだか、してないんだか。
　でも否定されないのは、ちょっとうれしい。
　アユの前では、ムリにかわい子ぶったりしなくてもいいんだって思うし。
「だって〜、お腹すかない？」
「じゃあ、さっそくなんか食う？」
「うん！　食べる！」
　ちょうどお腹もすいていたし、とりあえず適当になにか食べることにした。
「うーん……クレープもいいけど並んでるしなぁ。広島焼きはガッツリしすぎだし……」
「じゃあ、お前の好きなイカ焼きにすれば？」
「えぇっ!?　イカ臭いじゃん!!」
「だって、食いたいんじゃなかったのかよ」
「いや、食べたいけど、さすがに……もっと食べやすいのにしようよ。それにアユは魚介類好きじゃないでしょ。あっ、無難にたこ焼きは？」
「……タコも魚介類だろ」
「えーっ!?　じゃあ、タコ食べてあげるから！」
「なんでもいいよ、俺は」

「あっ！　あそこのたこ焼き屋、わりとすいてる!!」
　……というわけで、まずはたこ焼きを食べることにした。
「あたし、買ってくるねー！」
「……っ、おいっ!?」
　アユの手を離して、勢いよく走りだしたあたし。
　よく考えたら、一緒に買いにいけばよかったんだけど。
　食欲に負けて、気づいたら足が向かっていた。
「おい美優、待てよ！」
　うしろから慌てたようなアユの声。
　だけどそれに気がついた時には、迷子になりそうなくらいギュウギュウの人の群れにいた。
　人混みをすり抜けて、たこ焼き屋へと向かう。
　――ドン！
　するとその時、前から歩いてきた人に思いきりぶつかってしまった。
「……きゃっ！　あっ、すみません……」
「……っぶね～」
　謝りながらその人を見上げると、大学生くらいに見えるイマドキの茶髪のお兄さんで、隣にはその友達らしき男がもうひとり。
　うわっ、なんかチャラそう……なんて思ってたら、
「あーわりぃわりぃ。ってかお姉ちゃん、ひとり？　危ないぜー？　あっ、でもよく見たらけっこーかわいいじゃん」
「ホントだ。かわいいな、高校生？」
　えっ、なに？　この空気……。

「え……あ……高校生です。でも友達が向こうに……」
「へー友達待たせちゃって大丈夫？　つーかよかったら、その友達も一緒に俺らとまわらない？　いろいろおごったげるよー？」
　　……へぇっ!?
　　これって、ナンパ？
「いや……、け、けっこうですっ！　あたし、たこ焼き買いに……」
「そんなこと、言わずにさぁ～」
　　がしっ、ともうひとりの男に腕をつかまれた。
　　わぁ、やだなにっ!?　こわい……。
「ちょうど浴衣のＪＫと遊びたい気分なんだよね～。たこ焼きなんておごってやるから、俺らと一緒においでよ。なっ？」
　　しかも、けっこうしつこいし。
　　やだ……こんなことならアユと一緒に買いにくるんだった。どうしよう……。
　　なんて後悔してたら、背後からいきなり……。
　　──グイッ！
　　誰かに首もとをつかまえられた。
「……きゃっ！」
「触んなよ」
　　……えっ？
　　聞きおぼえのある低い声。
　　も、もしかして……。

おそるおそる見上げると、やっぱりその声の主は……。
「アユっ……！」
　顔を見た瞬間、ものすごくホッとした。
　アユだ……。
　よかった。アユが来てくれた……。
「うわっ、なんだよ。男？　友達は？」
　腕をつかんでいた男は、アユの姿を見るなりパッと手を離す。
「うるせぇ。人の女に手出してんじゃねーよ。ナンパならほかあたれ」
「はぁっ？」
　ひ、人の女って……。
　助けるためとはいえ、いきなり彼女みたいに言われてドキッとしてしまった。
「なんだよ。彼氏いんじゃねーかよ」
　茶髪の男はとたんにしらけたような顔で、眉をひそめる。
「あーつまんね、行こ行こ」
「ケッ。彼氏、ちゃんと見はっとけよな〜」
　そして口々に文句を言うと、その場を去っていった。
　よかったぁ……。いなくなった……。
　するとそのうしろで、アユが大きくため息。
「……ったく、お前なぁ、勝手にひとりでどっか行くんじゃねーよ、アホ！　はぐれたら危ねぇだろーが！」
　ひぃぃっ……！
　しかもすごい怒ってるし……。

「ご……ごめんなさいっ」
　あたしがしょぼんとして謝ると、ガシッと手をつかまれた。
　えっ……？
　そしてまた、ぎゅっと繋いで。
「もうお前、俺から離れんの禁止だから。絶対手離すなよ」
　ドキ……。
　なんだか所有物(しょゆうぶつ)みたいな言い方。
　だけど、妙に頼もしく思える。
　アユはやっぱりなんだかんだ優しい。こういう時、いつも助けてくれて……。
「……うん。ごめんね、アユ。ありがとう……」
　あたしがお礼を言うと、呆れたように笑った。
「ホント世話の焼ける奴……」

やっぱり付き合えない

 それからふたりでたこ焼きを買って食べて、いろんなゲームをした。
 射的に。ヨーヨーすくいに。輪投げに。
 もちろんお遊びじゃなくて、ガチバトル。
 意外と負けず嫌いなアユ。「勝負しよう」って言ったら、最初はえーって顔をしてたけど、いざやり始めたら子どもみたいに熱くなって、ちょっとかわいかった。
「ふふふ、シマシマの話をする時と、ゲームの時は熱くなるね、歩斗くん」
「はっ？ うるせぇ。お前だってムキになってたくせに」
「だって〜。アユ、射的うますぎなんだもん！ でも輪投げは勝ったもんね！」
「ハイハイ。つーかこれ、いらねぇからやるよ」
 そう言ってアユは、射的で取ったアルパカのぬいぐるみをあたしにくれた。
「えっ、いいの？ やった！ ありがと〜！ これほしかったのに取れなかったんだよね〜。あれ？ でもなんでアユまでこんなの狙ったの？」
「……狙ってねぇし。たまたま当たったんだよ」
 とか言いながら、さっきのことを振り返ってみると、そんなはずはない。
 あたしが「全然当たらない！」って大騒ぎしながら、ア

ルパカめがけて全発無駄にしたら、横からアユが最後の一発で、ひょいっとみごとに命中させてくれたんだ。
「フッ、下手くそ。俺の勝ち」
　なんて言うからムカついたけど、もしかして実はあたしにくれるために取ってくれたとか……？
　まさかね……。

　アユと一緒にいるとやっぱり楽しくて、ゲームをしていたらあっという間に時間が過ぎた。
　いつの間にか、もう花火が始まる時間。
　土手道を歩いて席を取りにいく。
　あたりはすでに、シートを敷いて座っている人たちでいっぱいだ。
「わぁっ。座るとこ、あるかな～？」
「大丈夫、こっち来い」
　するとアユがなにか知っているみたいだった。
「いい場所あるから」
　……えっ？
　穴場的なスポットでもあるのかな？
　なんかこういうことを言われると、過去に誰かと来たのかなって思っちゃうけど……。
　まぁ、モテるアユのことだから、政輝たちとみんなで来た去年以外は、彼女と来てたんだろうなー。
　うーん……。
　でもそういうのはあんまり知りたくないかも……なんて

思っちゃうとか、どうした？
　なんだろ、あたしったら変なの。
「美優、ここ」
「えっ」
　アユが連れてきてくれたのは、土手の上の一部木が生いしげってる場所。
　河川敷の近くにこんな茂みがあるなんて。
　っていうか、ここのどこで花火を見るの？
「ここ？　いい場所って」
「そう。だから入れよ」
「えぇっ!?」
　なんだかまるで、怪しい場所に連れこまれている気分なんですけど……。
　相手がアユじゃなかったら警戒しちゃうよ、さすがのあたしでも。
　だけどアユがそう言うなら、ホントなんだろう。
「こ……こんなとこで、花火見れるの？　ホントに？」
「大丈夫だから、来いって」
「え～っ！」
　そして無理やり手を引いて、連れていかれた先にあったのは……。
「わーあ！　おっきな石～！」
　茂みの奥に、人が座れそうな大きな石があった。
　なんだ。びっくりしたよ……。
　茂みの中に連れこむとか、アユ、なに考えてるのって思っ

ちゃったじゃん。
「これに座って見るの？」
「そう」
　アユはうなずくと、先にひょいっと石の上にのぼる。そして、
「美優、つかまれ」
　手を差しのべてくれたので、あたしはアユの手をつかんで、自分も石の上にのぼった。
「わぁっ。なんか隠れ家みたいでいいね〜！　誰もいないし」
「だろ？」
「でもよくこんなとこ、知ってたね？」
　あたしがそう尋ねると、一瞬黙って目をそらすアユ。
「……たまたまだろ」
　とか言って、実は……。
「もしかして、昔元カノと来たことがあったりして……」
　あ、言っちゃった。
「……っはぁ!?　そんなん覚えてねーよ。くだらねぇこと聞くなよ」
　……焦ってる。図星かなぁ。
「ふふ、怪し〜い！　……まぁいいけど。いい場所教えてくれてありがと」
　そしたらアユはなにを思ったのか、いきなりぎゅっと手を握ってきた。
　ドキッとして顔を見上げる。

「でも、今はお前と来てんだろ」
「……え？　うん……」
「今は俺、お前のことしか考えてねぇから」
「……っ」

　な、なにを言いだすかと思えば……。

　いや、元カノの話を出したあたしがわるかったんだろうけど、わざわざ弁解(べんかい)するみたいにこんなこと言ってくれるアユに、不覚にもキュンとしてしまった。

　恥ずかしいけど、なんかうれしい……。

「……ソ、ソレハドウモアリガトウ。アユトクン」

　照れかくしに、アルパカのぬいぐるみで顔を隠して返事する。

「……なんだよ、お前。それ」
「ダッテ、ハズカシイカラ！」
「俺のが恥ずかしいっつーの！」
「……自分で言ったのに？」
「うるせぇ。わりいかよ」

　まっ赤になっているアユを見たら、なおさら微笑ましくて。

　アユは、やっぱりちょっとかわいいところがある。

　そして意外とストレートだ。

　今日だって一緒にいたら、すごくあたしのことを想ってくれているのが伝わってきたから。

　たまに口がわるくても、強引でも、それは伝わる。

　そうやって想ってもらえることが、いつからかすごく心

地よくて、うれしくて。
　どうしたのかな……。
　もうこのまま付き合っちゃっても……いいのかもしれないなぁ……。
　なんて思ってしまう自分がそこにいた。
　──パァン‼
　するとその時、大きな音がして。
「あっ……」
　１発目の花火が夜空に打ち上げられた。
　思わずふたりして空を見上げる。
　ちょうど花火大会が始まったみたい。
　茂みの中にいても、あたりが熱気に包まれていくのがわかった。
　遠くから聞こえる歓声……。
　それから２発、３発、４発……続けてどんどん大輪の花が咲く。
「うわぁ……。きれい……」
　あたしはまるで、別世界にいるかのような気分で。
　気がついたら、まばたきをするのも忘れて見とれてしまっていた。
「……きれいだな」
「ホント。ここ特等席だね！」
「だろ？」
　そう言って笑うアユの笑顔がまぶしくて。
　アユもやっぱり花火を見て、感動したりするんだなぁ。

花火と同じくらい笑顔もキラキラして見える。
　だからあたしも、笑顔で返した。
「うん。……今日、来れてよかった。誘ってくれてありがとね」
　素直にそう思えたから。
　そしたら繋いでいた手をさらに、ぎゅっと強く握られた。
「じゃあ、来年も誘ってやるよ」
「……えっ？」
　来年もって……。ずいぶん先の話だけど。
　アユはあたしをじっと見つめる。
　そして少し頬を染めながら……。
「つーか……来年もお前と一緒に来たいんだけど。今度は友達じゃなくて……」
　……ドキ。
「彼氏として」
　……う、うわぁ……。
　だけどその瞬間、思わず『うん』なんて言ってしまいそうな自分がいて、ビックリした。
　あれ……？
　あたしもうすでに、彼女みたいな気分になってる。
　変なの。今日はずっとそうだ……。
「考えとけよ。前向きに」
　そう言ってアユはもう片方の手で、あたしの頭を撫でた。
　……ドキドキドキドキ。
　あぁ……どうしよう。やばいかも……。

こんなにアユにドキドキしてたっけ。
　これって、花火のせい？　夏のせい？
　これじゃまるであたし、ホントに……アユのこと好きみたいじゃん……。

　蒸し暑い空気の中で、雲ひとつない星空の下で、花火大会は滞（とどこお）りなく行われた。
　次から次へと、万華鏡（まんげきょう）のように目まぐるしく変わる空の景色に、目も心も奪われてしまう。
　あたしはアユとずっと手を繋いだまま、空を見ていた。
　花火がひとつ打ち上がるたびに、気持ちも盛り上がって、だけど終わりに近づくほど、なんだか寂しくて……。
　不思議。このままずっと、こうして見ていたいなぁって思っちゃう。
　花火を見ながら、ぼんやりと考えた。
　アユと……付き合ってみようかな……？
　アユとだったら、きっと……楽しいかも。
　好きになれるかも……なんて。
　花火の魔法にでもかかったみたいに、ワクワクしていた。
　すべてがうまくいきそうな、そんな予感がして……。
　最後の大きな花火がドカンと打ち上げられると、あたりが一気に静まり返った。
　誰もいない茂みの中で、アユとふたりきり。
「終わっちゃった……」
　あたしがポツリとそうつぶやいたら、アユがこっちを向

いて、ふふっと笑った。
　目が合って。
　あ、やばい……。
　あらためてこの場にふたりしかいないことを意識したら、急に恥ずかしくなった。
　やっぱりドキドキする……。
「……きれいだったな。花火」
「う……うん！　すごくよかったね！」
「でもどうする？　すぐ帰る？　今土手に出たら、すげぇ人多そうだけど」
　あっ……。そう言われてみれば、そうだなぁ。
　たしかに終わったあとは、すごい人混みかもしれないな。
　人の流れが落ちつくまで、待ったほうがいいのかな？
「じゃあ、ちょっと待ってる？」
「……だな。お前、時間大丈夫？」
「大丈夫だよ。あたしは全然！」
　時間とか気にしてくれるなんて、ちょっと優しい。
　結局人混みを避けるため、あたしとアユはしばらくそこで時間をつぶしていた。
　他愛もないおしゃべり。
　どの花火がすごかったとか、蚊にいっぱい刺されたとか。
　こんなふうにただ一緒にいるだけで楽しいと思えるのは、やっぱりアユだからかな。
　花火は終わったはずなのに、もう少しこのままでいたいような、帰るのがもったいないような……なんとも言えな

い気持ちになった。

　少し時間が経ってから土手に出ていくと、人の流れはだいぶ落ちついていた。
　手を引かれて駅まで一緒に歩く。
　アユはあたしの家まで送ると、言ってくれた。
　でもアユは駅から電車だし、家まで行ってまた駅に戻るのは二度手間だから遠慮したんだけど。
「ひとりで帰ったら危ねぇだろ。とくにお前は」
　なんて言われちゃって。
　心配してくれてるんだなーと思ったら、うれしくなった。
「ありがと。優しいね～」
「べ、べつに……。またモノ好き男に捕まるかもしんねーしな」
「も……モノ好きって！　さっきのナンパ!?　失礼じゃない!?　あたしをナンパするとか、趣味わるいってこと!?」
「そう」
　……っ、ひどい！
　たしかにあたしは、言うほどかわいくありませんけど！
　でもさぁ……。
「だったら、アユだってモノ好きじゃん！　あたし連れてる時点で趣味わるいよ！　バーカバーカ！　……んっ」
「うるせ」
　両側のほっぺをつかまれて、しゃべれなくなる。
　そしたら、じっと顔を近づけられて。

「……モノ好きは、俺だけで十分なんだよ」
　……だってさ。
　ちょっと今、心臓が飛びでるかと思った。
　だめだよ、ホントに……。
　どうして今日のアユは、こんなにもドキドキさせることばっか言うんだろう。調子が狂う。
　いつものノリを忘れちゃったじゃん。
　恥ずかしくて、心臓がもたないよ……。

　そんなこんなでじゃれ合っているうちに、駅へと到着。
　そこであたしはトイレに行きたくなって、アユを待たせてトイレに向かった。
　改装したばかりの駅のトイレ。
　ついでに軽く化粧直しもしておく。
　汗をかいて、化粧もだいぶ落ちちゃったし……。
　そしたら急に、隣の鏡に立っていた浴衣美女に声をかけられた。
「……美優？　ねぇ、美優じゃない!?」
「えっ？」
　誰かと思ったら、そう。
　偶然にもそこにいたのは、あの真由香で……。
「うそっ、真由香!?」
　暗めの長い茶髪をアップにして、おくれ毛がまた色気たっぷり。
　クリーム色の生地にピンクの花が咲いたガーリーな浴衣

を着た彼女は、やっぱりいつ見てもかわいかった。
「すごーい！　会うの、久しぶりじゃんっ!!　真由香も今日来てたんだー!!」
　……ってたしか、出かける前にうちのお母さんが「真由香ちゃんも行くみたいよ」とか言ってたな。しかも彼氏と。
　でもまさか、こんなところで会っちゃうとは……！
　真由香とは電話でいつも話しているけど、こうして直で会うのはすごく久しぶりだ。
　昔からかわいかったけど、なんかさらにかわいくなってるし！
「来てたよ〜！　彼氏と来たの。美優は友達と？」
「うん、そうだよー」
　って、友達って言っても、女友達じゃないけどね。
「そっかぁー、なんだ。あのアユくんとは一緒に来なかったの？」
「……え？」
　アユ……？　そういえば真由香に、アユと祭りに行くってことは話してなかったな。
「いや……実はその……友達って、アユとなんだけど……」
　あたしが照れながらそう話すと、真由香は表情がさらにぱぁっと明るくなった。
「なーんだ！　アユくんと一緒に来たんじゃん！　やっぱり〜！　実はけっこううまくいってるじゃん。付き合わないのー？」
「え……。いや、まだ……付き合ってはないよ」

「なんでー！　もう付き合っちゃえばいいじゃん！　じれったいなぁー」
　真由香はニヤニヤと楽しそうにして、相変わらずあたしとアユの関係に興味津々みたい。
「うーん、でも……」
「だってアユくん、イケメンなんでしょー？　見てみたいなー」
「えぇっ!?」
「今、外にいるんでしょ？　紹介してよー」
「し、紹介!?　いやいや、ちょっと待ってよ……」
　いきなりそんなこと言われて焦った。
　だって真由香にアユのことをいろいろ話してはいたけど、べつにまだ彼氏になったわけでもないのに、紹介するとか……恥ずかしいよ……。
「いやいや、イケメンって言っても、真由香好みのイケメンじゃないかもよ？」
　とか言って、話をそらすあたし。
「あはは、そんなの関係ないよー」
「真由香の彼氏のほうがきっとイケメンだよ！　それにデートの邪魔になるかもしれないから……」
「いや、それはないかなー。今の彼氏、ぶっちゃけそこまでイケメンじゃないもん」
「え、そうなの？」
　それはちょっと意外だった。真由香って昔からかなりの面食いなのに……。

「そうだよー。顔だけで言ったら元カレのほうが断然イケメンだよ。アッくんは、ホントにイケメンだったからねー。今頃どうしてるかなー、なんてね。あはは」
「うわぁ、アッくんとか、なつかしー……」
　……その懐かしい名前を聞いて、思い出した。
　真由香には中学時代、アッくんていうタメの彼氏がいて、あたしはよく相談にのってたんだ。
　クールでちょっとシャイなバスケ部のイケメン彼氏。
　一度も顔を見たことはなかったけど、話はよく聞いてたなぁ……。
「ホント、なつかしいよね。美優には、よくアッくんのこと相談してたもんね」
「そうだよ。今の彼氏よりアッくんの話のほうが、よく聞いてた気がするよ」
「あ、そうだっけ？」
「そうだっけ、じゃないでしょ！」
「あはは〜」
　そんなふうに話していたら、ピロン♪とあたしのスマホのメッセージ音が鳴った。
「あ、やばい。アユが『まだ？』だって」
　さすがに待たせすぎたかな。
「あ、うそ。ごめんね、しゃべりすぎたね」
「大丈夫だよ。それじゃまた……」
　だけど、あたしが行こうとすると、
「って、待ってよー！」

真由香に手首をがしっとつかまれて。
「アユくん見せてくれるんじゃないの？」
「えーっ!?」
　なにそれ、ホントに見る気なの？
「ふふ、大丈夫だよ〜。チラッと見るだけだから！」
　真由香はニヤニヤしながら、あたしの肩に手を置く。
「で、でも……言っとくけど、まだ彼氏じゃないからね！」
「いいの、いいの！　ほら、行こ！　待ってるよ？」
　そしてそのまま彼女に引っぱられるようにして、しぶしぶトイレをあとにした。

　トイレから出ると、外の自販機の近くでアユがスマホをいじりながら待っていた。
　アユは案の定、待ちくたびれた様子で、退屈そうにしている。
　やばいやばい、待たせすぎた。
　あたしは真由香をうしろに連れたまま、ドキドキしながら彼に声をかけた。
「アユ、ごめん〜！　お待たせ！」
「お前……おせーよ」
「ごめんね〜。ちょうどトイレで従姉妹とバッタリ会って、話しこんじゃってね」
　そう話すと、アユは若干呆れたようにため息をつく。
　するとその時、真由香があたしのうしろからひょこっと顔を出した。

「あ、どーも〜！　初めまして！　こんばんはぁ！」
　相変わらず人懐っこい真由香。誰にでも愛想がいい。
　だけど次の瞬間……。
「……あれ？」
　なんか様子が変。
「え……っ、ちょ……ええっ!?　ウソでしょっ!!」
「え……はっ……？」
　なぜか驚いたように、目を丸くする真由香とアユ。
　そして向かいあったまま数秒間、沈黙が流れたかと思ったら……。
「真由香……」
　えっ……？
「アッ……くん……？」
　出てきたのは、聞き覚えのあるあの名前だった。
　……アッくん？
　今……アッくんって言った……？
　あたしは聞きまちがいかと思いながらも、真由香の顔を確認する。
　だけど、真由香は驚いた表情で口を手で押さえながら固まっていて……。
　もしかして……。
「アユくんって……アッくんのことだったの……？」
　ウソでしょ……。
　同時にアユの顔を見上げると、これまたすごく気まずそうな、マズイものでも見ちゃったような顔をして、固まっ

ている。
　でも今たしかにアユは、真由香の名前を呼んだ。
　しかも呼びすてで……。
　それってまさか……だよね。
　ちょっと待ってよ……。こんな偶然ってあるの?
　一瞬にして胸の奥が凍りつくように、冷たくなるのがわかった。
　あたしはゴクリと唾を飲みこむ。
　……信じられない。
　アッくんって……アユのことだったんだ……。
　なんで……。
　だけどそう言われて昔のことを振り返ってみると、当てはまることがたくさんあるような気がする。
　バスケ部のイケメン彼氏。
　頭もよくて、文武両道。バンドでベースをやってて。
　名前を呼びすてにするのが恥ずかしいから"アッくん"って呼んでるのって。
　それ全部、あたし真由香から聞いてたんだ。
　ってことは……アユのこと、あたし昔から知ってたんだ。
　ただ顔と本名を知らなかっただけで……。
　まさかそのアユとこうして仲よくなって、花火に一緒に来たりするなんて思ってもみなかった。
　真由香には今まで何度もアユのことを話してたのに……。全然気づかなかった。
　よりによって、真由香の元カレだったなんて……。

元カレ。
元カノ。
ふたりは付き合ってたんだ。
付き合ってた……？
なんかもう考えただけで、めまいがしてくる。
どうしよう……。
どうしてこんなショックなんだろう。
ショックすぎて、なにも言葉が出てこないよ……。
「……あ、あはは！　やだ～久しぶり！　元気だった？　まさかアッくんと美優が知り合いだったとはビックリ～！　あたしたち実は従姉妹なんだよー！」
　だけど真由香は即座に重たい空気を察知したのか、思いきり笑顔でアユのことを冷やかしはじめた。
　肩をバシバシ叩きながら、ニヤニヤと。
　アユもかなり動揺してる……。
「……っ、従姉妹って……マジかよ」
「そうだよ！　ビックリでしょー？」
　だけどやっぱりそこは、元カレ元カノだからか、気まずいながらも仲はよさげで。
「聞いてねーよ……。てか、お前、なんでここにいんだよ」
「彼氏とデートでぇ～す！　美優とはトイレでバッタリ！」
「……あっそ」
　あたしはそんなふたりを見て、さらに言葉を失う。
　だってなんか……あたしの知らないアユと真由香がそこにいて。

それはたとえ、もうとっくに終わった関係だとしても、やっぱり気心の知れた感じに見えて。
　とてもじゃないけど、穏やかな気持ちでなんていられなかった。
　なんだろう……。胸が痛い。
　ズキズキと……。
　嫌だ。なんかもう、逃げだしたい。
　いつの間にか、さっきまでのフワフワした気分はどこかへ行ってしまって、かわりにものすごく重たくて、苦しい気持ちでいっぱいだった。
　ついさっきまで、アユと付き合ってみようかな……なんて思ってたのに。
　急にアユが別の人みたいに見えて。
　すべてが白紙に戻っていくかのような感じ……。
　とてもそんな気持ちになれない。
　あぁ……どうして、こんなタイミングで。
　もっと早く知っていれば……。
　いや、知らなければよかったのかな。
　アユの気持ちに、やっとこたえる気になったのに。
　やっと惹かれはじめたところなのに。
　神様はどうしてこうイジワルなんだろう。
　こんなあと出しってないよ……。
　あたしが魂が抜けたみたいに、黙ってその場に立ちつくしていたら、真由香が不安そうにあたしの顔を覗きこんでくるのがわかった。

それにハッとして、思わず我に返る。
「あ……べ、べつにあたしとアユは付き合ってないからね！　こんな偶然あるんだね〜。あはは！　超ビックリした！」
　気まずくて、適当なことを言いながら大袈裟に笑ってみたけど、内心はまったく笑えない。
　でも明るくふるまうしかなくて。
「え〜なに言ってるの！　お似合いじゃん！　付き合っちゃいなよ〜！　いやーでも、ごめん。美優の話してたアユくんって、アッくんのことだったんだね。なんであたし気づかなかったんだろ。よく考えたら、ふたりは同じ高校じゃんねー。すっかり忘れてたー」
　真由香は気を使ってか、テンション高めに話しつづけてくれたけど、そんなふうに冷やかされるのもツラかった。
　真由香の……元カレ。
　アッくん……。
　その事実だけで頭の中がいっぱいで、とてもいつものノリで返せない。
　アユに話しかける言葉も浮かんでこない。
　ただふたりが現状報告みたいな話をしているのを、心ここにあらず状態で聞いていた。
「アッくん、バスケはまだ続けてるの？」
「……いや、帰宅部だけど」
「えー、もったいない！　うまかったのに！　あ、政輝とか元気にしてる？」
「あぁ。あいつは変わんねーよ」

アユはチラチラとあたしの顔を確認するように見てきたけど、やっぱりなにをしゃべっていいかわからない。
　そうこうしているうちに、真由香の彼氏が走ってやってきて。
「おーい、マユ！」
「あっ、ユウくん！」
「なにやってんだよ、探したじゃん！」
「ごめんごめん〜、従姉妹と偶然会ってさ」
「あーそうなんだ。どおりで遅いと……。まあいいや。行くぞ」
　たしかに想像してたほどイケメンな彼氏じゃなかったけど……優しそうな人だ。
「はぁ〜い！　それじゃ美優たちまたね！　また話そ！」
　そしてそんな彼氏に連れられ、真由香はニコニコ手を振りながら帰っていった。
　幸せそうな真由香。
　それを見送る、あたしとアユ。
「うん、バイバイ……！　またね！」
　慌てて笑顔で手を振り返したけれど、最後まで放心状態からは抜けだせなかった。
　見送りながらふたりで沈黙して……。
　どうしよう……。
　気まずい空気。
　どちらからとも話しかけづらい。
　だけどアユに真由香とのことを確かめたくても、正直聞

くのがこわい……。
　だからずっと黙ったまま、真由香たちが見えなくなるまで、うしろ姿をぼーっと見ていた。
　なんだろう……泣きたくなってくるよ……。
　するとアユが、そこでやっと声をかけてきた。
「美優……」
　少しくもった声で気まずそうに。
　だけど、顔を見るのもためらってしまうほど、今のあたしは頭の中がぐちゃぐちゃだ。
　だから、振り返れなかった。
「おい、美優っ」
　そんなあたしの腕をグイッとつかんで、振りむかせようとするアユ。
「こっち向けよ……」
　顔を上げられない。
「今の……真由香のことだけど……」
　……っ。
「……付き合ってたんでしょ？」
「えっ？」
「アッくんって……アユのことだったんだね。ビックリしたよ。まさか真由香の元カレだったなんて……ホント偶然にもほどがあるっていうか……。お、おかしな縁だよね～。あはは！」
　なんて言って、無理やり笑ってみせる。
　アユが自分から口にする前に聞いてしまった。

そしたらアユはすごく困った顔で下を向いて、沈黙して。
　本当なら今ごろ、こんな重たい空気の中で話してるはずじゃなかったのに……。
　さっきまでの楽しいムードはもうどこにもない。
　アユは軽くため息をついて、話しはじめる。
「……まぁ、隠すことでもねぇから言うけど……そうだよ。付き合ってた。中3の時……」
　……やっぱり。
「でももう昔のことだから。関係ねぇよ」
　あたしの目をじっと見つめるアユ。
「言っとくけど、未練とか全然ないから」
　だけど、そういう問題じゃなかった。
　未練があるとかないとか、そういうことじゃなくて。
　あたしはただ、この事実が受けいれられなかった。
「う……うん。そっか」
　とりあえずうなずいて笑ってみせたけど、心の中のモヤモヤは晴れなくて。
　アユはなにもわるくないし、誰もわるくなんてないのに。
　ずどーんと胸の奥が重たくて、苦しかった。
「送る。家まで」
　アユは小さくそう言うと、そっとあたしの手を握る。
　その感触が優しくて涙が出そうになる。
　あぁ、どうしてかなぁ……。
　アユはなにも変わっていないのに、さっきとなにも変わらないのに。

まるでもう別の人みたいに思えて。
　こうやって繋いでくれた手でさえも、真由香と昔こうしていたのかなぁ……なんて、そんなふうに思ってしまう自分がすごく嫌だった。
　アユの気持ちや優しさを、素直に受け取ることができない……。
　それから家までずっと、ふたりとも無言だった。
　あたしがなにもしゃべらなくなってしまったので、アユも同じくしゃべらない。
　楽しかったはずの花火大会は、一瞬にして気まずいムードへと変わってしまい、沈黙のままたどり着いた我が家。
　あたしはアユにお礼を告げて、手を離した。
「……ありがとう、送ってくれて。おやすみ」
　小さく笑って見上げると、アユは不安そうにあたしを見つめる。
「あぁ……またな。おやすみ」
　なんだか味気ない別れ際（ぎわ）になっちゃった。
　なんて思って、背を向けた瞬間……。
「……美優」
　ふいに名前を呼ばれた。
「……え？　なに？」
　ドキッとして振り返る。
「今日……楽しかった？」
　そう尋ねる顔はなんだか悲しそうで。
　まさかアユがそんなことを聞くなんて思わなかった。

「あ……うん。す、すごく楽しかったよ！　誘ってくれてよかった。ありがとう……」
　あたしは慌てて笑顔で答える。
　するとグイッと手を引っぱられて……。
「わっ」
　気がついたら、アユの腕の中にいた。
　アユはそのままあたしを、ぎゅうっと抱きしめる。
「美優……あのさ……」
　……ドキン。
　そのあとなにを言われるかは、なんとなく想像がついた。
　だけど……。
　だから……。
　あたしはそれ以上聞くことができなかった。
　アユの胸をグッと押して突きはなす。
「ご……ごめん……！」
「えっ？」
　そして次の瞬間、思わず口にしてしまう。
「ごめんね……。やっぱりあたし……アユとは付き合えない」
　……ドクン。
　言ったとたん少しだけ後悔したけれど、もうあとには引けなかった。
　だってやっぱり、ムリだよ。
　あのアッくんがアユだったなんて……。
　アユは目を見開いて固まっている。

ひどく傷ついた表情で。
　それを見たらちょっと泣きそうになったけど、あたしは続けた。
「わるいけど……アユの気持ちにはこたえられない。真由香の元カレとは……付き合えないから……っ」
「美優、待てよ」
「だから、ごめんっ……！」
　そう言いすてて背を向けた。
　玄関まで思いきり、走って。
「……おいっ!!」
　アユがうしろで呼びとめるのもムシして、バタンとドアを閉めた。
　家に入った瞬間、その場にしゃがみこむ。
　あぁ、あたし……言っちゃった……。
　アユのこと……振っちゃったよ……。
　こんなはずじゃなかったのに……どうして？
　アユの傷ついた顔が頭から離れない。
　涙が次から次へとあふれてきて……。
　なにが悲しいのかも、よくわからない。
　これでよかったのかも、わからない。
　足もとを見つめると、今日のために絵里に塗ってもらったネイルがキラキラと輝いていた。
　はりきって仕度していたのを思い出したら、もっと悲しくなって……。
　あたしはその場で声を殺して、ひとり泣きくずれた。

どうしてこんなに涙があふれるのか、自分でもわからなかった。

じゃあなんで泣いてんの？

　まだあたしが恋愛とかそういうものに疎かった頃……。
　真由香はすでに男子の話や恋バナをよくしていた。

『でね、2組の久保くんがなかなかイケメンでさぁ、委員会が一緒で……』
「へぇ〜」
『てか、メグなんてもう彼氏といろいろすませてるらしいの！　この前ついに、年上の彼と……』
「ひゃ〜っ、そんなことするの……!?　信じられない……」

　まだ好きな人すらいなかったあたしには、新鮮で、興味深くて。
　同い年なのに、ずいぶんと大人に感じられたものだ。
　真由香は流行とかにのるのも早かったし。
　ファッションやメイクに目覚めるのも早かった。

『美優は、まだ好きな人いないの？』
「いないよ〜！　うちのクラスの男子とか、みんなサルみたいなのばっかだし！」
『えぇ〜、ひとりくらいカッコいい人いるでしょ。あたしね、実は今回バスケ部の王子と席が隣になっちゃって〜』
「バスケ部の王子……？　あぁ、前に話してたモテる人？

ワタルくんだっけ?」
『……違う! 渡瀬くんだよ!!』

　そこでたびたび話題に登場していた彼……。
　そう。これがのちに真由香と付き合うことになる、そしてあたしと知り合うことになる、アユ……こと、渡瀬歩斗だった。
　あたしは名前すらよく覚えていなかったけど。

『渡瀬くん、超カッコいいの!! 超顔きれい! 背も高い! バスケうまい!』
「へぇ〜、そりゃモテるだろうね〜。いいなぁ〜そんな人がクラスにいて」
『でも超クールなの。あんまりしゃべってくれない〜……』
「クール? それって、ただシャイなだけなんじゃない? 真由香かわいいんだから、話しかけたら絶対喜んでくれると思うよ〜」
『そうかな〜? ……じゃあ、頑張ってみる。この前消しゴム拾ってくれたし、優しい人だとは思うんだ』
「へぇ〜。頑張れっ!」

　あたしはそんな恋する真由香の相談にのり、いつも応援していた。
　真由香の恋バナを聞くのは楽しかったし。
　うらやましいと思うこともあったけど、ただ純粋にうま

くいってほしいと思っていた。
　聞いていて自分までドキドキしたり、ワクワクして。
　世界が広がっていく感じ。
　そして、お互い中３になったある日、真由香はある決意をする。

『……美優、あたし、決めた。渡瀬くんに告ってみる！』
「マジで!?　頑張れ〜!!　真由香なら大丈夫だよ！」

　中２の時からずっと好きだった彼に、夏休みに入る前、告白すると決めたのだ。
　……そしたら返事はまさかのＯＫ。

『きゃ〜〜っ!!!!　どうしよう……！　あたし、憧れの渡瀬くんの彼女になっちゃった──!!』

　これが、かわいくてモテモテだったけど、理想が高くてずっと彼氏ができなかった真由香に、初めて彼氏ができた瞬間で。
　このあとからしばらくあたしは、電話で彼女のノロケや悩みをえんえんと聞かされることになる。
　そう……"アッくん"についての話を……。
　だから忘れるはずもなかった。

『聞いて聞いて〜！　アッくんと今日初めて手繋いじゃっ

た〜！」
「よかったじゃん！　恥ずかしがって、なかなか繋いでくれなかったもんねぇ」

『アッくんと映画デートしたの〜！　アッくんたら普段クールなのに、感動して泣いてたんだよ！　超かわいい〜』
「へぇ〜、意外と涙もろいんだ？」

『聞いてよー、アッくん恥ずかしいからって、一緒にプリクラ撮ってくれないの。人に見せられたりするの嫌なんだって〜』
「あらら。ホントシャイだね、アッくんは……」

『……美優‼　ど……どうしよう‼　アッくんとついに……チューしちゃった〜‼‼』
「きゃ〜っ‼　おめでと〜〜‼」

　こんなふうにひとつひとつ、真由香たちの恋の行方を聞かされてきたんだから。
　真由香と彼がどうやって付き合って、デートして、ケンカして……っていろんなエピソードを知っているわけで。
　それがまさかアユのことだったとわかれば、衝撃を受けないはずがない。
　いや、今思い返せばたしかに……って思うところはたくさんあるんだけど。

あれもこれも全部、アユとの話だったのかと想像したらなんかショックで……。
　とてもじゃないけどその彼と、自分が付き合う気になれるはずがなかった。
　だってあたしは、ふたりがとても幸せだったことを知っているから……。
　真由香がすごくアユを好きだったことも、真由香がアユに大事にされていたことだって知ってるんだ。
　それがたとえ、終わってしまった関係だとしても……。
　今さら気にしないなんて、あたしにはムリだ。
　そもそもあたしがシマシマを知ったのだって……。

『美優っ！　超いいバンド見つけたから教えたげる！』
「バンド？」
『シマシマってバンドの曲、聴いてみて！　アッくんのオススメなんだけど、すごくカッコいいよ〜!!』

　もとはといえば、真由香があたしに教えてくれたんだ。
　アッくんがハマってるバンドだっていうから。
　……ってことは、結局あたしは真由香を通して、アユからシマシマを教えてもらったことになる。
　そのシマシマをきっかけにアユと仲よくなったなんて、なんか皮肉な縁だよね。
　アユと知り合った頃、最初思ったんだ……。
　この人、口わるいし感じわるいけど、なんか親近感がわ

くんだよなぁって。
　そのもともと知ってるような感覚は、そのせいだったんだ。
　あたしはもとからアユのことを知っていて、だからきっと自然と仲よくなれて。
　でもそれは、全部真由香の存在があったから……。
　そう思ったら、なんか切ない。
　もしかしてあの花火大会で一緒に花火を見た場所だって、前に真由香と一緒に見た場所だったのかな……。
　アユは言葉を濁してたけど。
　なんて、思い返したら全部、アユと一緒に真由香が思いうかんでしまって。
　つらい……。つらいよ。
　なんでこんなにつらいの……。

「はぁ……」
　夏休みの宿題を放置して、あたしは今日もベッドの上でゴロゴロ。
「おーい、姉ちゃん！　寝てばっかいるとブタになんぞ！」
「うるさい！　ほっといてよっ！」
「イケメンに振られたからって、まだ落ちこんでるの？」
「……っ」
　花火のあと、あたしが泣いて帰ってきたもんだから、なぜか啓太とお母さんの間では、あたしがアユに振られたってことになっている。

まぁ、実際はあたしが振ったんだけど……。
　でもいちいち説明するのも面倒なので、そういうことにしておいた。
「あんなイケメンと姉ちゃんが、釣りあうわけねーじゃーん。もう諦めろよ」
「……わかってるよっ!!」
　……ムカつくけど、啓太の言うとおりだし。
　そうだ。そもそもあたしなんか、アユと全然、釣りあわないし。
　真由香みたいにかわいくないし、頭もバカだし、チビでスタイルもよくないし。
　元カノが自分の従姉妹ってことを抜きにしても、あんなかわいくて完璧な子のあとに付き合うなんて嫌だよ……。
　それなのに、アユのことを振ったあの日から、あたしはずっと抜け殻みたいで。
　気がつけば涙が出てきたり、真由香のことを思い出して切なくなったり……ずっとモヤモヤしている。
　アユからはあの日、夜中に1通だけメッセージが来た。

【でも俺はずっと好きだから。】

　それを見たら、またひとりでわんわん泣いてしまった。
　そう言ってもらえてうれしい半面、その気持ちにこたえられないのが苦しくて……。
　切なくて、はがゆくて、どうしようもなくて。

結局、あたしはなにも返すことができなかった。

それ以来、アユとは音信不通……。

ずっとこうして部屋にこもっている。

なにもする気になれず、ただいろんなことを思い出してばかりで。

悲しいことに、大好きなシマシマの曲まで聴けなくなっちゃった。

アユのこと、思い出して切なくなるから。

全部アユのことばっかり……。

自分の中でいかにアユの存在が大きかったかを、今さらのように思いしった気がする。

だけどそんな時、あたしの耳にシマシマの曲のメロディーが流れこんできた。

——〜♪

「……あれ？」

スマホの着信音。

誰かから電話だ。

ハッとして画面を確認すると、それはアユから……なわけがなく。

「あっ……絵里……」

しばらく連絡していなかった、絵里だった。

そういえば絵里に「花火どうだった？」って聞かれたのに、まだ返事してないんだ。

もとからメッセージ既読ムシ常習犯のあたしだけど、さすがに絵里、怒ってるかな？

慌てて画面をスライドさせる。
『……美優っ!!』
　すると案の定、お怒りぎみの絵里の声がした。
「あーごめんごめん、ちょっとスマホ見てなかったもんで最近……」
『違う！　そうじゃない!!　アンタ、歩斗のこと振ったってホント!?』
「えっ……」
『政輝から聞いたんだけど！　あたしそんなの聞いてないんだけど!!』
　うっ……。
『ちょっと、どういうことか説明してくれる!?』
　……そうでした。
　あたし、アユのことを振ったって、まだ絵里に話してなくて……というか、誰にも言ってなかったんだ。
　絵里はずっとアユとのことを応援してくれていたから、なおさら言いづらくて……。
　絶対怒られると思ったから。
　やっぱり怒ってたけど……。
　当然だよね。ビックリするよね。
　あたしだって、こんなつもりじゃなかったんだもん。あのことを知るまでは……。
「ご……ごめん……。いろいろ事情があって……」
『じゃあその事情、今すぐ話して』
「い、今すぐ!?」

『美優の家、行くから』
　そう言って絵里は電話を切ると、わざわざうちまでやってきてくれた。すごい速さで。
　だからあたしは絵里に、アユと真由香のことを全部話した。
　アユと花火に行って、すごく楽しかったこと。
　付き合ってもいいかなーなんて思ってしまったこと。
　真由香とバッタリ会ったこと。ふたりが昔、付き合っていたこと。
　そしてそのふたりの話を、あたしは昔ずっと聞いていたこと。
　そのショックから、アユを振ってしまったこと。
　全部……。
　絵里は終始顔をしかめたままだったけど、あたしの話をじっくり聞いてくれて。
「ふ〜ん……。じゃあ、その元カレのアッくんが歩斗だったわけだ」
「……そう」
「ふたりの過去を、美優はいろいろ知ってるわけね。しかも真由香ちゃんはかわいくて、頭よくて、スタイルよくて、完璧な美少女なんだ」
「うん」
「まぁ、それはたしかに嫌だよね」
「でしょ!?　嫌でしょ!?」
「でもあたしからすれば、だからなに？って感じだけどね」

「えっ!?」
　……なんで？
　絵里は涼しい顔して、語りつづける。
「だって……だからって歩斗の気持ちがウソになるわけじゃないでしょ。過去は過去なんだから、今はもう関係ないじゃん。美優が勝手にこだわってるだけじゃん」
　うっ……。
「そ……それはそうだけど……でもやっぱり気になるよ。アユがあのアッくんだってわかった瞬間から、アユのこと考えるたび、真由香が浮かんできちゃうんだもん……」
　そう……。
　ふたりの過去を知ってからは、アユの優しさも素直に受け取れなかった。
　真由香のこと、意識してばっかりで……。
　だからこんな気持ちのまま付き合うなんて、絶対ムリだと思った。いや、付き合えないと思った。
　真由香の元カレなんて、あのアッくんとなんて……。
　とてもじゃないけど、あたしにはムリ。
「でも、お互い未練があるわけじゃないんでしょ？　真由香ちゃんだって今は新しい彼氏とラブラブなわけで、付き合ってもなにも問題ないじゃん」
「……うん……でも……」
　未練があるかどうかはわからないよ。
　あったらどうしよう……。
「美優が考えすぎなんだよ。誰にだって過去はあるから。

真由香ちゃんのことだって、今はショックかもしれないけど、そのうち気にならなくなるんじゃないの？」
「……そうかなぁ。でもあたし、真由香に勝てるとこなんてひとつもないよ……？　真由香みたいにかわいくないし、しっかりしてないし。アユだってあたしと付き合ったら、やっぱり真由香のほうがよかったって思うかもしれないじゃん。いや、絶対思うよ……」

　そう、なにが一番嫌って、あたし、真由香と比べられることが嫌なんだ……。

　自分に自信がないから。

　真由香と付き合ってたって知ったとたんに、アユと付き合う自信がなくなってしまった。

　アユは完璧を絵に描いたような男だし、真由香だってうらやましいくらい完璧な子だから。

　どう背伸びをしたって、あたしじゃ真由香にはかなわないもん。

「でも歩斗は美優がいいんでしょ？　今は美優を好きだって言ってくれてるんだから、それでいいじゃない。もっと歩斗の気持ちを信じてあげたら？」

　うぅ……。

　そう言われるとつらい。

　たしかにアユはなにもわるくない。

　でもやっぱり……。

「でも……あたしは付き合えないよ……。いろいろ知りすぎてて。ふたりのこと、全部知ってる。ラブラブだった頃

のふたりを知ってるんだもん。なにしても、真由香のこと思い出すに決まってる。こんな気持ちのまま付き合えないよ。ムリだよ……っ」
　言いながら、涙がこぼれてきた。
　ダメだ。ここ最近ずっと涙腺がゆるくて……。
　涙がぽろぽろこぼれて、止まらなくなる。
　どうしてこんなに涙ばっかり出てくるんだろう。自分でも不思議なくらいに。
　わかんない……。
　するとそんなあたしを見て、絵里が言った。
「じゃあ、なんで泣いてんの？」
「えっ……？」
「ムリとか言いながら、泣いてるじゃん。それってさぁ、ホントは歩斗が好きなんじゃないの？　だからつらいんでしょ？」
　ドクン……。
　絵里の瞳がまっすぐにあたしをとらえる。
「自分の気持ちに正直にならないと、あとで絶対後悔するよ！」
　そう言われて、なにかがグサッと胸に刺さったような気がした。
　そうなのかな……？
　だからなの？
　だからこんなに涙が出てくるのかな……？
「美優は臆病(おくびょう)になってるだけでしょ。真由香ちゃんがかわ

いいからとか、歩斗が完璧だからとか、そんなのどうでもいいことじゃん。大事なのは気持ちでしょ？」

　気持ち……？
「自分がどうしたいのか、ホントは自分でわかってるんじゃん。その涙が証拠だよ。ホントは後悔してるんじゃないの？　歩斗を振ったこと」
「……っ」
　あぁ……そのとおりだ。
　ホントはどこかで後悔してる。ずっとモヤモヤしてる。
「まだ間に合うから。遅くないよ。もう一度考えなおしてみたら？」
　絵里にそう言われて、なにかずっと閉じこめていたものが、あふれだしてきたような気がした。
　そうだ。そのとおり……。
　ずっと気づかないふりをしてたけど、あたしはいつからか……アユのことが好きだったんだ……。
　好きなんだ……。
　それをどうしても確信するのがこわくて。
　これが友情なのか、恋愛感情なのかどうかも、よくわからなくて。
　……だけど、やっぱりそうなんだ。
　アユのことを振ってから、ずっとつらかった。
　いつもあたり前のように一緒にいて、あたり前のように笑いあって、それがなくなってしまうことが、こんなにつらいなんて。

近すぎて見えなかった。気づかなかったけど……。
　こんなふうに涙が出るのも、臆病になってしまうのも、アユのことが好きだから……。
「うぅ……っ、絵里ぃ……」
　ますます涙が止まらなくなって言葉に詰まると、絵里はそっとあたしの頭を撫でてくれた。
「アンタもホント鈍いよね〜。やっと認めた？」
「うぅ……」
　そう言われてうなずくしかない。
　絵里はそんなあたしを見て、クスッと笑う。
「まぁ臆病になるってことは、それだけマジなんだよね。でも、なにもしないで逃げちゃったら、もったいないでしょ？　あたしは絶対うまくいくと思うよ。歩斗となら。美優は歩斗といる時が、一番キラキラしてるもん」
「……そうかなぁ？　……っぐ……」
「そうだよ。だから後悔しないようにしな。真由香ちゃんと一回話してみてもいいじゃん。自分の気持ちを正直に話して、ぶつかってみなよ。いざとなれば、あたしと政輝もついてるからさ」
「絵里……」
　その言葉がどれだけ頼もしかったことか。
　絵里に言われなかったら、たぶん、あたしはずっと逃げたままだった。
　自分の気持ちに正直に……そうだよね。
　ホントはずっと後悔してた。ずっとつらかった。

だから、このまま逃げてちゃダメだ。
いつまでも、ひとりで嘆(なげ)いてちゃダメ。
……真由香に話してみようかな。アユのこと。
そしてアユにちゃんと伝えなくちゃ。
やっと気づいた、本当の気持ち……。

やっぱりそうなんだ

「えー、学祭の出しものについてなんだが……」
　夏休み、久々に登校したのは部活のミーティングのためだった。
　如月部長が数少ない部員の前で指揮をとる。
「なにかやりたいこと、ある人ー。僕はやはりパッチワークキルト展がいいと思うんだが」
「なんでもいいでーす」
「暑いから、早く帰りたいでーす」
「決定〜」
　やる気のない部員たちは、口々に適当な返事をして。
「わかった。じゃあ、多数決でパッチワークキルト展に決まりです」
　えっ、多数決？　今のが!?
「ってことで、次期部長の石田は、僕と今日買いだしな」
「はぁぁっ!?」
　しかも、やりたくもないのに次期部長に任命されたあたしは、ミーティングのあと、そのまま部長に強制連行されてしまった。
　……聞いてないし！
　っていうか、ハルカ先輩に相談したかったのに、なんで来てないの〜？
　この暑いのに今から買いだしとか、やってられないし！

帰りたいよ～！

「いやあ、石田。今日も天気がいいね」
「は……はぁ。暑すぎてとけそうなくらいですけど。それより部長、ハルカ先輩は？」
「あぁ、ハルカ？　ハルカはオープンキャンパスだよ」
「……えっ!?　オープンキャンパス!?」
　あっ、そうか。
　ハルカ先輩、ああ見えて、いちおう受験生なんだ。
　いつも自由気ままに過ごしてる感じだったけど、さすが根はしっかり者。
　ちゃんと大学とか見に行ったりしてるんだ。偉いなぁ。
「ハルカになんか用だったかい？」
「あ、いえ……べつに……」
　うーん、せっかくだからアユのこと、ハルカ先輩にも相談したかったのに、残念……。
　まぁ仕方ないか。それよりこれから買いだしってのを、どうにかしたいよ。
　しかも部長とふたりって、長引きそうだし……。
「とりあえずいつもの手芸用品店に寄っていこうか。それで、布をいくつか先に購入しておこう。あと、部の備品がいくつか切れてるから……」
「はぁい。お任せしまーす」
　暑い中、汗ひとつかいてなさそうな爽やかな笑顔で語りつづける部長の横を、もうすでに汗ダラダラで歩いている

あたしは、かなり夏バテ気味だった。
　ここ数日ダラダラしすぎたせいか、体力がなくなっているみたい。
　エアコンのついていない場所にいるのが、耐えられない。
　暑いよ〜。
　ぐったりとした顔つきで校門に向かって歩いていく。
　するとその時、
「おーい、そのボール取ってくれない？」
　グラウンドからサッカー部員の声がした。
　目の前には転がってきたサッカーボール。
　あぁ、これか……。
　あたしは気がつくと、すぐに拾い上げた。
「あぁ、ゴメンゴメン！　サンキュー！」
　そこに駆けよってくる、背の高いサッカー部員。
　あたしはボールを手渡しながら、彼を見上げた。
「あ、ハイ、どうぞ」
「ありがとう！　……って、君はたしか……」
　……え？
　だけど、よくよくそのサッカー部員の顔を見てみると、見おぼえがある……どころじゃない。
　声だって聞いたことがあるし。
　だって……。
「あはは！　誰かと思ったら。なんか久しぶりだね」
　その爽やかな笑顔と日焼けした肌、甘いボイスは忘れるわけがない。

いつかのあたしの王子様……。
「み、宮園先輩っ!?」
　思わず声を上げる。
　しかも先輩ったら久しぶりとか言って、あたしのことを覚えてくれてるし。
　ろくにしゃべったこともないのに。
「夏休みも学校来てるんだ？　部活？」
「あ、ハイッ！　手芸部のミーティングで……」
「へぇーっ、手芸部なんだ？　お疲れさま」
　ひゃーっ、お疲れとか言われちゃったよ。
「せ、先輩こそ、暑い中お疲れ様です！　練習頑張ってください!!」
「あぁ、サンキュー！　それじゃまたね、石田」
　……ドキ。
　うそぉ、名前まで覚えててくれた。
　ビックリ……。
　今までさんざん追いかけつづけたのは無駄じゃなかったみたい。
　宮園先輩はニッコリ笑って手を振ると、ボールを持ってグラウンドへと帰っていく。
　やっぱカッコいいなぁ……。
　だけどあたしは意外にも、それを冷静に見おくっていた。
　今までのあたしなら、こんなシチュエーション鼻血モノなのに。
　おかしいな。前ほどドキドキしなくなっちゃった。

あんなに夢中だったのにね。
そういえば最近あんまり、イケメンを見つけてもキャーキャー言わなくなった気がする。あたし。
これってもしかして、アユのせい……？
まさか……。
アユのこと、好きになったからなのかな？
そんなことを思いながら隣にいる部長の顔を見たら、まいろいろ思い出した。
そうだ……。あたし最初は部長のことが好きで。
部活紹介で見た部長にひと目惚れして、入部したんだ。
だけど実際話してみたら、話がかみあわなかったり、かなりの変人で。
結局、途中から幽霊部員と化したんだっけ。
懐かしいなぁ……。
あの頃と比べたらなにも変わっていないようで、確実に変化している。あたし自身も。
アユとだって、ただのクラスメイトだったはずなのに、いつの間にかいつも一緒にいるようになって、いつの間にか好きになって……。
不思議だなぁ……。
人の心って変わるんだ。こんなにも。
小さなことが積みかさなって、少しずつ、少しずつ。
こんなふうに思う日が来るなんて思わなかった。
いつの間にかあたしの中には、先輩じゃなくて、アユがいたんだ……。

部長と手芸屋めぐりをしたあとは、100均で備品を買いそろえ、さらに本屋でパッチワークの本を読みあさり、気がついたらいつの間にか日が暮れていた。
　つ、疲れた……。
　部長は何気にすごい凝(こ)り性(しょう)だから、手抜きというものを知らない。
　ほかの部員はみんな適当でやる気がないから、こういう出しものなんかをやる時は、あたしやハルカ先輩が部長に合わせて頑張るしかないんだよね。
　歩きまわって足が棒のよう。お腹もすいてクタクタ。
　そしたらちょうど、それを知らせるかのように。
　――ギュルルルル～……。
　あたしのお腹が鳴った。
「あ……」
「おや？」
　うっわぁ～！　恥ずかしい……！
　けどまぁ、今さら部長の前でお腹が鳴ったところで……べつにいっか。
「そろそろご飯時かな？　石田もお腹すいただろう」
「は……ハイ。聞いてのとおり」
「なんか食べて帰ろうか」
「マジですか!?　行きます！」
　めずらしく部長とふたりで、ご飯に行くことになっちゃった。
　あたしはもうお腹がすいて倒れそうで、なんでもいいか

ら早く食べたかったんだ。
　夏バテ気味なのに食欲はあるなんて、ね。
　いつだって色気より食い気な自分が嫌になる。
　部長とあたしは、そのまま駅前のファミレスに入った。
　店にはどうやら団体客がいるみたいで、混んでいてざわざわしている。
　あたしたちは、端っこの小さなふたり席に腰を下ろした。
　すると、部長が笑顔でひと言。
「なんでも好きなの頼んでいいよ」
　……えっ!?
「今日は長々付き合わせてわるかったね。夕飯は僕のおごりだから」
「え——っ!?」
　まさかの部長の男気(おとこぎ)に、軽く感激する。
　やだ……。今日はさんざん振りまわされたって思っていたけど、部長ったら、いちおうわるいなんて思ってくれていたんだ。
　どうしよう。なんか紳士(しんし)じゃない？
　ちょっと見なおしちゃう。
「じ、じゃあ、お言葉に甘えて！」
　あたしは遠慮せず、それに甘えることにした。
　部長は気前よく「デザートまでいいよ」なんて言ってくれる。
　だけどさすがにそれはわるいかなぁと思って、かわりにドリンクバーをつけることにした。

注文をすませて、さっそくドリンクを取りにいくあたし。
「部長は、なにににしますか？」
「僕はホットのダージリンで」
「あ、ハイ」
　こんな暑い日でも、熱い紅茶を飲んじゃうところは、さすが部長って感じ。
「じゃあ、持ってきますね！」
　ドリンクコーナーは団体客の席の近くで、賑やかな声が響いていた。
　でもちょうど、今は空いてるみたい。ラッキー。
　うーん……。暑いから、やっぱりアイスコーヒー？
　でもメロンソーダも飲みたいしなぁ……。
　紅茶を作りながら悩む。
　そしたらそこで、ふと聞き覚えのある声がした。
「ちょっと〜、アッくんダメだよ、エビ残したら！　ホント魚介類苦手だよね〜！」
　……えっ？
「残してねぇし。あとで食うんだよ」
「ホントに〜？　絶対食べなきゃダメだよ？」
「いちいちうるせーな。食うよ、ちゃんと」
　……ドキッ。
　急に心臓が思いきり跳びはねる。
　……あれ？　今、アッくんって聞こえたような……。
　しかもこの声は……真由香……？
　おそるおそる振り返ってみると、そこには例の団体客が。

よく見ると、みんな高校生くらいの集団だ。
　ワイワイガヤガヤ、なにかの打ち上げみたいに。なんだろう……。
　って、えっ!?
　だけどあたしがそこで目にしたのは、今いちばん心臓にわるい光景で。
　ウソ……。
　みんなで輪になって話している中で、隣り合わせに座っている真由香とアユ。
　なにこれ……。なんでここにいるの……?
　それは、並んでいるだけで絵になるようなふたりだった。
　アユもなんか楽しそうだし……。
　とたんに胸の奥がギュッと痛くなる。
　周りはそんなふたりを口々に冷やかして。
「なんだよ、お前らやっぱ仲いいじゃーん。ヨリ戻せば〜?」
「ホントホント!　やっぱりお似合いだよ〜」
　公認のカップルみたいな扱い。
「やめてよ〜!　あたし彼氏いるから!!」
「でも今、ケンカ中なんでしょー?」
　……え、ケンカ中!?
「うーん……まぁね」
「歩斗くんに戻っちゃえばー?」
　……どっき———ん!
　ちょ、ちょっと待って……。なにこの流れ。
「あはは、戻っちゃえばだって。どうしよっか、アッくん」

しかもそれにのる、真由香。
　なに言ってんの〜!?
「戻んねーよ。アホか。さっさと仲直りしろよ」
「アハハッ！　そうだよねー」
　……冗談でも一瞬ヒヤッとしてしまった。
　それにしても、なんでこんなところにふたりが……。
　中学の集まりかな？
　なんだかハラハラして、モヤモヤして、たまらない気持ちになる。
　あたしはふたりに見つからないように、急いでアイスコーヒーを作って席に戻った。
「お待たせしましたぁ……」
　席に戻ると、部長が不思議そうな顔でじっと見てきた。
「……どうした、石田。元気ないぞ」
「いえべつに……もとからないです」
　うぅ……。絵里に話して少しスッキリしたつもりが、またモヤモヤしてきちゃった。
　よりによって、なんでこんなところで。
　あのふたり、やっぱり仲いいんだ……。
　しかもアユったら、あたしに振られたわりには元気そうだし。
　『俺はずっと好きだから』なんて言ったくせに。
　さっそく元カノとイチャついてるんじゃん！
　こうしてふたりの姿を目の当たりにすると、またどんどん不安が大きくなってくる。

あんなにみんなからお似合いだと思われていて、別れたのに今でも仲よさげで。
　それに……あたしの記憶が正しければ、真由香は別れた時、自分がアッくんを振ったって言ってた。
　……てことはアユは振られたんだよね？
　真由香が振ったりしなければ、ふたりは今も続いていたのかなぁ……なんて。
　そしたらアユがあたしを好きになることだって、なかったかもしれない。
　そんなふうに考えはじめたら止まらなくて……。
　胸の奥がズキズキして、痛い。苦しい。
　ふたりの楽しそうな顔が重たくのしかかって、またどんどんマイナス思考になっていく。
「はぁ……」
　あたしは大きくため息をつくと、アイスコーヒーをひと口飲みこんだ。
　自分がこんなにクヨクヨするタイプだとは、思わなかったなぁ……。
　思えば今まで、本気で恋愛について悩んだことなんてなかった。
　本気で恋をしたことがなかったのかもしれない。
　好きな先輩や先生を追いかけているだけで楽しくて。
　恋愛ってワクワクして楽しいことばかりだと思っていたけれど……。
　今はバカみたいに臆病でうしろ向きになっている。

苦しくて、切なくて、傷つくのがこわくって。
こんな気持ち初めてで、どうしていいかわからない。
真由香やアユに、もしわずかでも未練があったら……？
なにかの拍子に、もしふたりの気持ちが戻ったら……？
そんな変な妄想ばかりわいてくる。
誰かを好きになるって、こんなに苦しいのかな？
知らなかったよ……。
そのあと、頼んだオムライスが運ばれてきて、あたしは落ちこみながらもバッチリ完食した。
悲しいことに食欲だけはある。
レジの辺りではさっきのアユたちの団体客が会計をしていて、とても騒がしかった。
みんな口々に「このあとカラオケ行く？」なんて言って盛り上がっている。
だけどあたしはふたりに気づかれたくなくて、一度も振り返らなかった。
「賑やかだねぇ。クラス会かな？」
部長が涼しい顔で眺めている。
「……楽しそうですね。アハハ」
ホント、楽しそう……。
賑やかな声が去ったあとは、とたんに店が静まり返った。
あたしはホッとすると同時に、さっきの場面を思い出す。
真由香と楽しそうに笑っているアユを見たら、まるであたしのことなんてもう忘れられているみたいに思えてしまった。

自分でアユのことを振ったくせに。
　勝手だよね。ホント……。
　今さらながら、真由香に嫉妬なんてしてる自分がすごくバカみたいで。
　逃げてるだけなのに。なにもできないのに。
　勝手に自信をなくして卑屈になって……。
　部長はそんなあたしにそれ以上突っこまず、得意のうんちくを、えんえんと披露してくれた。
　なんだかんだで１時間くらいは話していたと思う。
　窓の外はもうだいぶ暗くなってきていて、あっという間に夜。
　アユたちは今頃、みんなでカラオケでも楽しんでいるんだろうなぁ……。

「どうもありがとうございます。ごちそうさまでした」
　部長に言葉どおりおごってもらって外に出ると、いつの間にか午後７時を過ぎていた。
　なんだか部活といえど、一日仕事になっちゃったなぁ。
　外の空気は夜だけど、やっぱりじめっとしていてまだ少し蒸し暑かった。
　駅の改札まで一緒に歩く。
　すると、部長が急に変なことを言いだした。
「あ、あれさっきの……」
「えっ？」
「抜けがけしてイチャつくなんてやるなぁ、最近の若者は」

……はぁ？　なに言ってんの？　部長……。
　部長だって若者じゃん。
　だけど部長の視線の先に目をやると、そこには信じられない光景があった。
　……え、ウソ……。
　泣きながら男の胸に顔をうずめる女の子と、そんな彼女の頭を撫でながら、困った顔で見つめる彼。
　あれは……アユと……真由香？
　あたしは一瞬、心臓が止まるかと思った。
　え……なにこれ……。なにやってるの？
　どうしてふたりがここに……？
　真由香はしっかりとアユの服をつかんで、なにか言っている。
　まるで本当にさっき話していた、ヨリを戻す話でもしているのかと思うくらい。
　……もしかして、ホントに？
　ウソでしょ……。
　あたしはその場に立ちつくして、足が動かなくなる。
　だけどこれは、夢ではなく現実だった。
　とらわれたように、ふたりを見つめる。
　目が離せなくて。
　するとアユの視線がふと、こちらに向いた。
　バチッと目が合う。
「……あ」
「えっ……」

その瞬間、すぐに真由香から体を離した。
「……っ美優!?」
　慌ててこちらに駆けよってくる、アユ。
　だけどあたしは頭の中がまっ白で、ショックでたまらなくて。
　思わず背を向けて逃げてしまった。
「おい、美優！　待てよ!!　ちげぇから!!」
　部長をおいて、アユもムシして、必死で走りつづける。
　改札を瞬時に抜けて、ホームへと駆け下りた。
「……はぁ、はぁ、はぁ……」
　どうしよう……。こんなことって……。
　やだ……。
　あのふたりがまさか、抱きあってるなんて思わなかった。
　どうして……？
　思わず涙があふれてくる。
　……なんだ。アユにとってやっぱり真由香は特別で、大切な人なんだ……。
　そう思ったら、苦しくて、たまらなくて。
　ホームにひとりしゃがみこんで、声を殺して泣いた。

ホントはね

ブブブブ……。
ブブブブ……。
鳴りつづけるスマホのバイブ音をムシし続けて、布団にもぐりこむ。
そしたらいつの間にか、電源が切れていた。
ある意味ホッとして。
そのまま充電器に繋がずに眠りについた。
なかなか寝つけなかったけど……。
今はもう、なにも考えたくなかった。
アユと真由香が抱きあっているのを見て、あたしの中でなにかがプツンと切れたんだ。
あの花火の時より、もっとショックで。
やっぱりふたりの間には、消えないなにかがあるのかなぁ……なんて、そんなことを思ってしまう。
アユは未練はないなんて言うけれど、いざ真由香に泣きつかれたら、あんなふうに頭を撫でてしまうんだ。支えてあげたくなるんだ。
真由香だって彼氏とケンカしたら、あんなふうにアユを頼ってしまうわけで……。
やっぱりお互い特別なんだと思ったら、あたしの入る余地はないような気がした。
もしかしたらアユの気持ちはもう、真由香に戻りはじめ

ているのかもしれない。
　あぁ……こんなことなら、あの時アユのことを振らなければよかったのかな？
　ううん。保健室で告られた時に、すぐＯＫして付き合えばよかったのかもしれない。
　それともあの日、真由香に会わなければ？
　ふたりのことを知らなければ？
　そんな考えがぐるぐる回って、苦しくて……。
　大切な友達だったのに。
　一番気が合うと思っていたのに。
　どんどん遠くへ離れていっているような気がする。
　どうしてこうなったのかなぁ……？
　真由香が彼氏ともし別れでもしたら、あのふたりはまた付き合ったりするのかな。
　だってあたしは振っちゃったんだもん。
　お互い一度は好きになった人……。
　嫌いになって別れたんじゃないのなら、いつ元に戻ってもおかしくないんだ。
　あーあ……。

　翌朝、目が覚めたら瞼が腫れていて、とても重かった。
　最近泣いてばっかりだなぁ。
　せっかくの夏休みなのにテンションは上がらないし、気を紛らわせるために、なにか楽しいことをするって気にもならない。

——ピーンポーン。

　だけど、そんな時、突然家のチャイムが鳴った。

　いったい誰だろう？　こんな朝から。

　まさか……。

　いやいや、アユはうちにまでわざわざ来ないはず。

　お母さんいるし……。

　そう思ってベッドでゴロゴロしていたら、誰かが2階に上がってきた。

「美優〜！　お客さんよー！」

　お母さんの声だ。

　客って……あたしに!?

　誰だろう。

「真由香ちゃんが来てるわよ！」

　……えっ!?

　ウソ……。真由香……？

　まさかの、今一番会いたくないかもしれない彼女がうちにやってきた。

　ガチャッとドアが開いて。

　すると、ニコニコ笑顔の真由香の姿があった。

「やっほ〜美優！」

　やっほ〜って……。

　昨日あんなに泣いていたのに、すごい笑顔……。

　あたしが複雑な顔でベッドから起き上がると、真由香はあたしの隣に腰かけた。

「今日はちょっと話があって来たの！」

「……は、話？」
　そう言われてドキッとする。
　なに、それはもしかして……アッくんとやっぱりヨリを戻すことにした！とか……？
　それもありえなくはないよね。どうしよう……。
　おそるおそる、真由香に尋ねてみる。
「え……話ってもしかして……アユのこと？」
「そうだよ！」
　……うそぉ、やっぱりじゃん……。
　じゃあ、もしかして真由香は……。
「か、彼氏と別れるの!?」
「え、なんで？　別れないよ？」
「え……？」
　あたしがきょとんとした顔でいると、真由香はそんなあたしを見てふふっと笑った。
「やっぱり……。なんかカン違いさせちゃったよね？　ごめんね、あたしがわるいの。彼氏とケンカしたからって、元カレに頼るなんていけないよね……」
「え……」
「昨日あたしがアッくんに泣きついてるの、美優、見ちゃったんでしょ？」
　……ドキ。
「う……うん」
「あれは昨日、中学の同窓会があって……ちょうどカラオケに行かないで帰ろうとしたら、アッくんも帰るとこだっ

たから、彼氏のことを相談しちゃったんだ。……というか、思わず誰かに頼りたくてグチっちゃって」

　真由香は急にマジメな顔で語りはじめる。

「きっかけはくだらないことなんだけど……彼氏が元カノとの思い出の品を捨ててなかったから、それでケンカになったの。まだ未練あるんでしょ!?とか責めちゃってさぁ」

「……そんなことがあったんだ」

「それをアッくんに話してたら、だんだん感情的になって、こんなことならアッくんと別れなきゃよかった〜！とか勢いで言っちゃったの。あ、もちろん断られたけどね！」

　……え。

「そ、そうだったの……？」

　でも、それを聞いてビックリした。

　あたしが心配してたこと、不安に思ってたこと、あながちまちがいじゃなかった。

　真由香はホントに彼氏とケンカして、やっぱりアユがよかったって思ったんだ。

　それって、けっこうショックかも……。

　でも元カノに未練があるとか疑っちゃう真由香の気持ちも、今ならよくわかる。

　真由香でもそうやって悩んだりするんだ。

　幸せそうに見えて、いろいろあるんだなぁ……。

「あ、でもね」

　真由香は続ける。

「安心して。べつに本気でアッくんと戻りたいなんて、あ

たし思ってないからね」
「え？　そうなの!?」
「一時の気の迷いだよ。あたし、もう全然未練ないもん。アッくんなんてもっとないだろうしさぁ」
「う、ウソ……。でも……真由香がアユのこと振ったんだよね？」
　あたしの記憶が正しければ……。
「あぁ、あれはウソだから」
「……ウソ!?」
「実はショックすぎて悔しくて、ウソついちゃったの。あの時。ホントはね……あたしがアッくんに振られたんだよ」
「えぇ～っ!?　そうだったの!?」
　なんだ……。あたしはてっきりアユが振られたんだと思ってたよ。違うんだ……。
「うん。美優はすべては知らないと思うけど、アッくんと付き合ってた時、あたしは初めての彼氏で超浮かれててさ。美優にたくさんノロケちゃったじゃん？　でも実際はずっと片思いみたいに必死で、あたしばっかり追いかけてるみたいで、なかなかしんどかったの」
「ウソ……」
　そんなこと、ひと言も……。
「アッくんはシャイだったから、あまり自分から愛情表現してくれなかったし……。だから美優は、それを照れてるだけだよとか、大丈夫！頑張れ！って励ましてくれて、すごい救われた。でも結局は受験に集中したいからとか、変

な理由であたし振られちゃってさ……」
「そ……そうだったんだ……」
　ウソ。意外……。
　てか、アユの奴め。そんな理由で真由香のこと振ったの?
「たぶんアッくんは疲れちゃったんだと思うんだよね。あたしがいつも不安で、『あたしのこと本当に好き?』とかばっかり聞いてたから。あたしもアッくんにいいとこばっかり見せようとして、ムリしてたとこあったし……。今なら振られた理由がよくわかるんだ」
「真由香……」
「今の彼は一緒にいて楽だし、自然体でいられる人なの。だから別れたいなんて本気で思ってないよ。まだ仲直りはできてないけどさ……」
　それを聞いて、とても驚いた。
　と同時に、すごく胸にずしんと響いた。
　真由香はアユとすごくラブラブで、うまくいってるとばかり思っていたけれど、実は内心いろいろ悩んでいたんだ。
　しんどいとか不安だとか、そんなの、あんまりあたしには話さなかったけど……。
　付き合ってるからって、絶対にうまくいっているとか、幸せだともかぎらないんだ。
　あたしに見えていたのは真由香たちの一部分であって、全部じゃない。
　なんでも完璧に揃っていそうな真由香でも、うまくいかない恋があるんだ……。

完璧だから好きになるわけじゃない。
　あたしだって、アユがイケメンだからとか、なんでもできるから好きになったわけじゃない。
　アユはこんなあたしでも、好きだって言ってくれた。
　居心地がいいって言ってくれた。
　その気持ちを信じないで、どうするんだろう……。
　一緒にいて自然体でいられる人。
　あたしにとってはまさに、アユがそうだったのに……。
「ごめん……知らなかった。真由香もいろいろあったんだね」
「ううん、いいの。あたしも美優に言えなかったの。たくさんノロケに付き合わせて、すごい応援してもらってたし、ましてや美優の志望校アッくんと同じだったじゃない？」
　真由香は頬をかきながら、苦笑いをする。
「しかもあたしにとっては、初めての振られる経験だったからさぁ。悔しくて、思わず『アッくんなんて振ってやった！』って言っちゃったんだよね。その時。まさか、こんなふうに再会するなんて思わなかったから……」
「ほ、ホントだね……」
　そんな彼女を見ていたら、ちょっと胸が痛んで。
　さっきまで会いたくないとか、嫉妬したりとかしていた自分が申し訳なくなった。
　真由香はきっと、あの花火の時、アユにバッタリ会って、複雑な思いだったに違いない。
　あたしと同じく、ショックを受けてたかもしれないんだ。

なのにあたしはひとりで、悲劇のヒロインぶっちゃって、ホントにバカだなぁ……。
「……ねぇ真由香」
「なぁに？」
　だからあたしは、今こそ真由香に話すべきだと思った。
　自分のことをちゃんと。
　ひとりで思いこんで、モヤモヤしているだけじゃダメなんだ。
　真由香はわざわざあたしに会いにきて、話してくれたんだから。
　あらためて、ひと息おいて聞いてみた。
「ホントにもう……アユに未練はないの？」
　やっぱり気になること……。
　すると真由香はニコッと爽やかに笑って。
「うん、ないよ。だってやっぱりあたしは、今の彼氏が好きだから」
　そう言われて心底ホッとした。
　真由香に未練があったら、やっぱり、あたしはためらってしまうに違いないから……。
　そこは本当によかった。
「よかった……。あのね、あたし、えーと……実はやっぱりあの……っ」
「ふふふ、なになに？」
「あ……アユのことが……好き……なの」
　言った瞬間、めちゃくちゃドキドキした。

とても勇気がいった。
　でもあらためて、ハッキリと自分の気持ちを自覚した。
　やっぱりあたしはアユが好きなんだって。
　だからまだ本当は諦めたくないって……。
　真由香は震えながら口にしたあたしを、まっすぐ見つめて微笑んでくれた。
「うん……。そうだよね。わかってるよ。あたしのせいでいろいろごめんね」
「……ううん！　なんで謝るの？　そんなことない……。あたしこそごめん、なんかいろいろカン違いして……」
「大丈夫。美優の気持ちもわかるよ。あれだけ、あたしのノロケを聞いてたら、戸惑うはずだって。それに美優は優しいから、どこかあたしに遠慮する気持ちもあったんでしょ？」
　ドキッ……。
　たしかにそういう気持ちもあった。少し……。
　友達の元カレみたいなものだし。
　でもすごい。全部真由香はわかってくれてたんだ。
「でもそういうのはダメだよ。もしあたしがアッくんに未練があっても、アッくんを好きならちゃんと付き合って。あたしのせいで両思いのふたりが付き合えないなんて、それこそあたしがつらいよ。ふたりには幸せになってほしいな。どちらもあたしにとっては大切な人だから」
「真由香……」
　そう言われたら、なんだか目頭が熱くなった。

やっぱり真由香はすごく優しい、いい子だ。
　なのにあたしは……。
「ご……ごめんね、真由香！　あたしのほうこそ、真由香に謝らなくちゃだよ。アユと真由香が付き合ってたことを知って、ショックで、嫉妬して、カン違いして、ひとりで落ちこんで……」
「……美優」
「アユのことを振ったのだって、真由香にはかなわないとか、そんな理由だったの。逃げちゃったんだ。自分に自信がなくて……」
　そう。勝手にひとりで、あたしなんかダメだって卑屈になってた。
「でも、真由香に言われて、あらためて気がついた。あたしやっぱり、アユのことが好きだって。ちゃんと自分の気持ちに素直にならなきゃって……。だからもう、逃げるのはおしまいにする。こう思えたのも、真由香のおかげだよ。ホントにありがとう。来てくれて。ホントに……」
　言いながら、だんだん涙があふれてきた。
　やっぱり涙腺が弱くなってる。
　でも本当に、これですっきりした。
　なにも迷うことなんてない。
　すると真由香は優しい表情で、あたしの肩に手を置いた。
「……いいんだよ。あたしだって美優の立場なら、そう思うよ。元カノの存在が気になるのもすごいわかるし。でもこれだけはカン違いしないで」

「えっ?」
「アッくんはね、本当に美優のことが大好きなんだよ。もう、うらやましいくらい。あんなふうにマジになったり、ムキになるアッくんは、あたし初めて見たもん」
　ウソ……。
「だから、ちゃんと伝えてあげて。たぶん一番カン違いして落ちこんでるの、アッくんだから」
　……え?
　そう言われて、ふと疑問が浮かんだ。
「……カン違い?　アユが……?　どうして?」
「だって昨日、美優すごくきれいな男の人と一緒にいたじゃない。あの人だあれ?　美優はいきなり走っていっちゃったけどさ、あのあとその男の人が、うちらに『うちのツレがどうも失礼いたしました』とか頭下げてきたんだよ」
「……ぶっ!!　はぁ～!?」
　……部長、また余計なことを……。
「そしたらアッくん、『なんでまた、あいつといんだよ。ツレってなんだよ』とか怒ってて。すごい気になったんだけど……」
　うわ～っ……。ウソでしょ……。
　てか、部長のこと、あたしすっかり忘れてた。
　荷物もそのまま全部持たせて帰っちゃったし。
　かなり失礼なことしちゃったよね。
　おごってもらったくせに。
　あとで謝っとかなきゃ……。

「あー、あれはね……うちの手芸部の部長で……なんでもないよ。変わった人なの。昨日は部活の買いだしでちょっとね」
「……なぁんだ！　部長さんなのね！　イケメンだわ～！　てっきりあたし、いい感じの人がほかにもいるのかと思っちゃったよ。美優、やるじゃんって！」
「違う違う！　全然そういうのじゃないから!!」
「よかった～。これでアッくんも安心だね！」
「い、いや……うん」
　アユも今さら変なカン違いしないでよ～。
　よりによって部長と……。
「あー、あたしもいいかげん電話に出てあげようかなぁ～」
「えっ？」
　真由香はそう言うと、かわいいピンクのカバーつきのスマホを取りだした。
「実は昨日の夜帰ったあと、彼氏からメッセージが来てね。『元カノのもの全部捨てたから。今俺が好きなのはお前だけだ』って」
「えっ、うそ……。よかったじゃん！」
「それからまだ返事してないんだけど、そろそろ電話に出てもいい頃だよね？　ホントはそれが来た時点で許しちゃったんだけど、すぐ返事するのもシャクじゃない？」
　……へっ!?
「……た、たしかに……」
　すごい……。なんだ。だから元気だったのか。

ちゃんと真由香も愛されてるんじゃない。
　だけど、それであえてしばらく電話に出ないところが、さすが真由香って感じだ。
　なんだかんだ尻に敷いているのかも……。
「うん！　電話出てあげなよ。そこまでしてくれたんだもん。それだけ真由香が大事なんだよ。よかったじゃん、愛されてて。あたしもなんかホッとしたよ」
「あはは！　ありがと！　でもそれを言うなら美優もね！　アッくんの電話、シカトし続けてるでしょ？」
　……げっ。
　なんで知ってるんだろ……。
「だからあたしが誤解を解きにきたのもあるんだからね！　ちゃんと出て！　むしろ今から直接アッくんの家に行ってもいいし！」
「う……うん」
　真由香はさらにずんっ！と顔を近づけてくる。
「あ、あとひとつ！　念のため言っとくけど、あたし、アッくんとはチュー以上のことはしてないからね!!　アッくんはああ見えて、意外とピュアだから。そこんとこ、よろしく～」
「……えぇっ!?」
　そ……そうなんだ……。ていうか、そんなことまでわざわざ教えてくれなくても……。
「はい！　これでなにも不安なくなったでしょ？」
「う……うん。まぁ……」

いや、ちょっとホッとしたのはたしかだけどね。
「てなわけで、善は急げだよ！」

いいかげん俺を好きになれよ

　そんなこんなで真由香に背中を押されて、あたしは今からアユに会いにいくことにした。
　真由香も彼氏に会いにいくって。ちゃんと仲直りするみたい。
　真由香と話したおかげで、あたしも勇気をもらった。
　ずっとクヨクヨ考えていたのがバカらしくなって。
　アユの電話もムシして逃げてばかりだったけど、今度こそちゃんと伝えようと思った。
　やっと気づいたホントの気持ち。
　アユのことが好きだって気持ち……。
　いつもはあまり着ないワンピースに着がえて、真由香にメイクをしてもらって。ふたり一緒に家を出た。
「それじゃあ、あたしはここで。頑張るんだよ、美優！　報告待ってるから‼」
　真由香は笑顔で手を振ってくれた。
　なんだか不思議な気持ち。
　アユの元カノである真由香に、こんなふうに応援してもらうなんて……。ちょっとジーンとしちゃうな。
　真由香がここまでしてくれたんだから、あたしももう逃げるわけにはいかない。
　電車に乗ってひと駅。アユの家に向かって歩いていく。
　朝方、少し降った雨が水たまりで残っていた。

サンダル姿でそれを踏まないように気をつけて歩く。
すると、あっという間にアユの家に着いた。
……いつ見ても立派な家。
やばい、なんか緊張してきちゃった……。
インターホンを押すか、押すまいか、それとも電話で呼びだすか、迷っていたところだった。
ちょうどあたしのうしろを、自転車が勢いよく通りすぎて……。
——バシャッ!!
「……きゃっ!?」
ヒールのサンダルのせいもあってか、バランスを崩して、地面に前かがみに倒れこむ。
そして、あろうことか目の前の水たまりに、思いきり膝をついてしまった。
「……っ。いったぁ……」
さ、最悪……。なんてことだろう。
今から告白するって時にかぎって、こんな……。
思わず泣きそうになった。
だって、せっかくのワンピースがびしょ濡れだし。
アユだってこんなの見たら、なにやってんのって思うよね?
あーダメダメ、やっぱり着がえてこよう……。
そう思って、アユん家の門の前を通りすぎようとした時だった。
「なんで俺が、買い物に付き合わなきゃいけないんだよ」

「うるさい！　文句言わずについて来る！　今日はいろいろ買うから、荷物持ってほしいの！　アンタいたらナンパ除けになるしね～」
「はぁ～？　知るかよ。彼氏呼べよ、そんなん」
　アユの家の玄関のドアが開く音がして、話し声がこちらに向かって近づいてきた。
　……ドキ。
　この声は……アユ……と、お姉さん？
　ヤバイヤバイ。ちょっと待って……。まずいよ、この格好じゃ……。
　慌てて気づかれないように背を向ける。
　だけどふたりはすぐそこまで来ていて……逃げだそうとしたその時。
「えっ……？」
　うしろからアユの声がした。
「……美優？　美優だろ……？」
　……ひぃぃっ！　気づかれた!!
「おい、待てッ!!」
　呼びとめられるのと同時に走りだす。
　だけど足の速いアユに、ヒールのあたしは一瞬にしてつかまってしまった。
「……わっ！」
　腕をグイッとつかんで引きよせられる。
「……っ、今度こそは逃がさねぇから！」
「ちょっ……ちょっと待ってよ！　あの……」

「待たない」
　……ドキッ。
　向かいあってまっすぐ見つめられたら、もう逃げられなかった。
　ど、どうしよう……。アユだ……。
　自分から会いにきたくせに、いざ顔を見たら急に恥ずかしくなる。
　だけど……やっぱりうれしかった。
　こうしてちゃんと目が合って、向きあうことができて。
　アユの真剣なまなざしに、胸の奥がぎゅっとなる。
　なんかまた涙が出てきそう……。
「なにしてんだよ。ここで」
「……うっ。あーあの……えーと……。そ、それよりいいの？　お姉さんは……？」
「は？　姉貴？　いいんだよ、どうでも。それより俺はお前に話が……」
「誰がいいんだよって？」
　……ギクッ。
　その声におそるおそるアユのうしろを見ると、そこには腕を組んでこわい顔をしたお姉さんが……。
　……やばっ。
「ほ、ほら、ダメだよ！　やっぱり買い物行ってきなよ！」
「行かねぇよ。せっかく会えたのに」
「……えっ？」
「……ちょっとぉ～。なんかあたし、ずいぶんお邪魔っぽ

いんだけどー？」
　お姉さんは呆れたような顔をしながら、ふぅっとため息をついた。
　そして、アユの顔を横からじっと覗きこんで尋ねる。
「これはなに……？　気を利かせて、あたしどっか行ったほうがいいわけ？　ねぇ、歩斗」
　うわぁ……。
　やばい、なんかあたしタイミングわるかったかな……。
　でもアユは、
「……わるい。ちょっとコイツとふたりきりにして。どうしても話したいから」
　さっきまでの生意気な態度とはうって変わって、急にマジメにお願いをする。
　そしたらお姉さんはふっと軽く笑って、アユの肩をポンと叩いた。
「……わかったわよ。まぁいいや。仕方ないから消えてあげる。そのかわり、今度なんかおごりなさいよ」
　そう口にすると、手をヒラヒラさせて去っていった。
「えらそーに……」
　ボソッとつぶやくアユ。
　でもそんなふたりのやりとりを見ていたら、この姉弟、実はけっこう仲がいいのかもって思えて、少し微笑ましかった。
「ごめん……。お姉さん、なんかわるかったね」
「いいんだよ。もとはといえば、姉貴が無理やり誘ってき

たんだし。それよりお前……もしかして俺に会いにきたの?」
　……ドキ。
　や、やばい。そうだった。
　あたし今から、アユに告白するつもりで……。
「あ……。う、うん……。まぁ……」
　やばい、恥ずかしい……。
「……マジかよ。じゃあなんで、さっき逃げようとしてたんだよ」
「あ、あれは……!　水たまりでこけて服が濡れちゃって、恥ずかしかったから……」
　あたしがそう言うと、アユはあたしのワンピースのすそをじっと見る。
「そんなん気にしねーよ、べつに。お前が会いにきてくれただけで、俺はうれしいし」
「……えっ?」
「メッセージも返ってこねーし、電話も出ねーし。もう普通に話せないかと思ってた」
　……その言葉に胸がズキンと痛む。
　あたしやっぱりアユのこと、傷つけてたんだ。
「ご、ごめん……。あたし、真由香とアユが付き合ってたって知って、ちょっと混乱しちゃって……勝手にいろいろカン違いしてたの。だから……」
「あぁ。聞いてたんだろ?　いろいろ」
「え……?」

「中学の時、俺との話をお前に毎回してたって、真由香から聞いた。だからお前が付き合えないって思った気持ちも、わからなくはねぇよ」

　……う、ウソ。

「あ……それ、真由香が言ってたんだ」
「うん。それにあいつもなにを思ったか、彼氏とケンカしたくらいで、俺に今さら泣きついてくるし。それをお前に見られるし。もうダメかと思ったよな。お前はなんかまたあの部長とデートしてやがるし」

　……えっ、デート!?

「ち、違う！　あれは部活の買いだしで……！　帰りにたまたまご飯をおごってもらっただけだよ」
「……ふーん。おごってもらったんだ」
「……あ」
「まぁ、だからって俺は諦めないけどな」
「えっ……？」

　アユはまっすぐあたしを見下ろす。

「言っただろ、ずっと好きだって。たとえお前にまた断られたとしても、俺は諦めない」

　……ドキン。

「そう簡単に諦められるほど、中途半端な気持ちじゃねぇから」
「……っ」

　そう言われて、なんだか泣きそうになった。
　あたしはひとりでカン違いしていただけだった。

アユが真由香に気持ちが戻ったらどうしようとか、真由香にはかなわないからとか、変な妄想ばっかりして……。
　アユはずっと変わらず、あたしを好きでいてくれたのに。
　その気持ちも見ないふりして、逃げてた。
「う……っ、ありがとう……。あのね、あたしね、自信がなかったの……。アユはイケメンだし、なんでもできるし、真由香もずっとあたしの憧れで、うらやましいくらいなんでも揃ってて。それに比べて、自分は平凡だし、これといって取り柄もないし……」
　釣りあわないような気がしてたんだ。
「だからアユが真由香と付き合ってたって知ったら、なんかショックで。あたしなんか、真由香に勝てるところなにもないって卑屈になってたの。それでアユの気持ちも信じきれなくなって、逃げちゃってた……。ごめんね……」
　言いながら涙が出てきた。
　でもこれが、あたしの正直な気持ち……。
　すると、アユの右手がそっと伸びてきて、あたしの目もとに触れた。それをぬぐうかのように。
「……俺だって、自信なんかねぇよ」
「えっ……」
「俺もずっと不安だったから。お前に嫌われたかもとか、調子のりすぎたんじゃねぇかとか、いろいろ考えて……お前の態度に一喜一憂してた。もうムリかもしんねーって、何度も思ったし」
　う、ウソ……。アユが……？

「でも、やっぱり美優だけは諦めたくなかった。今までずっと一緒にいて、お前がそばにいなくなるなんて考えられなかった」
「アユ……」
「どうしても好きなんだよ。こんなにマジになったの俺、初めてだから。だからお前が自信なくす必要なんかねぇし。もしそれでも、まだ不安だって言うんなら……お前がうぬぼれるくらい、これから俺が好きだって言ってやる」
「……っ」
　そう言われたらもう、涙があふれてきた。
　アユのまっすぐな気持ちに胸が熱くなる。
　アユはあたしのこと、ずっと見ていてくれたんだ。
　あたしが思っている以上に、あたしのことを想っていてくれたんだ。
　なのにあたしは逃げてばかりで……。
「うぅ……うん……」
　あたしが泣きながらうなずくと、アユはあたしをぎゅっと力強く抱きしめた。
「だから、もういいかげん……俺を好きになれよ」
　耳もとでアユの低い声が響く。
「お前のこと、誰より好きだって自信だけはあるから」
　胸の奥がきゅうっと締めつけられる。
「いいかげん……俺じゃ、だめ？」
　そんなのもう、答えは決まっていた。
　もう逃げない。

「……いい。アユがいい。っていうか、もう……」
　アユの背中にしっかりと手を回す。
「好きだよっ……！」
「えっ？」
「……っ、好き……。あたしも、アユが好き……。ずっと気づかなくて、言えなくて、ごめんね……」
　やっと言えた。
　涙で顔がボロボロになっている。
　だけどすごく幸せで、晴れ晴れとした気持ち。
　アユはさらにぎゅっと腕に力をこめる。
「……っ、マジかよ……」
「うん」
「信じねぇ。もう1回言えよ」
　……えっ。
「……好き」
「もう1回」
　ええっ……！
「す……好き……」
「俺の目、見て言って」
　アユはそう言って体を離すと、あたしの顔をじっと覗きこむ。
「え……えーと、……好き……んっ！」
　その瞬間、唇をふさがれた。
　……あれ？　ちょ、ちょっと〜……！
　だけどそれは、温かくて優しいキスだった。

アユの気持ちが心の芯まで伝わってきて、体中アユでいっぱいになるみたいな。
　戸惑いながらもそっと目を閉じる。
　どうしよう……幸せかも……。
　そのままあたしたちは、何度もキスをした。
　まるで遠まわりした時間を埋めるみたいに。
　ずっとずっと近くにいたのに、なかなか気づくことができなかった大切な存在……。
　アユはゆっくり唇を離すと、あたしを再びじっと見つめながら優しく微笑んだ。
　目が合うとなんか照れくさいけど、やっぱり幸せ……。
　想いが通じあうって、こんなに幸せなことなんだ。
　今日からあたしたちは、また新しいスタート。
「……なぁ」
「ん？」
　ふとアユが尋ねた。
「もう俺ら、友達じゃないよな？」
「え……」
　そ、そりゃあ……。
「もちろん！」
　あたしがハッキリうなずくと、アユはふふっとうれしそうに笑う。
「やっとお前のことつかまえた」
「えっ……」
　つかまえたって……。

「俺のこと全然眼中になかったからな。お前」
　うっ……。そうだったっけ？
「そ、そんなことないよ……？」
「ウソつけ」
「いや、でも、イケメンだとは思ってたよ？」
　苦笑いするあたしを見て、じーっとにらんでくるアユ。
　そしたらコツン、と額を叩かれた。
「いたっ！」
「もう、よそ見すんなよ」
「しないよ〜」
　だってやっとホントの恋、見つけたんだもん。
「まぁ、絶対離してやんねぇけどな」
　アユはそう言うと、再びあたしを強く抱きしめる。
　あったかくて心地いい、アユの腕の中。
　やっぱりここが一番安心する……。

　あたしたちはずっと友達で、それはずっと変わらないと思ってた。
　だけど小さな積みかさねが、両想いっていう奇跡に繋がった。
　本当は、はじめから決まっていたのかもしれないけどね。
　あたしが一番、あたしらしくいられる場所。
　それはきっと、あなたの隣……。

＊fin.＊

特別書き下ろし番外編

恋のジンクス

「ねぇアユ！　次はなにに乗るー？」
　アユの腕を引っぱりながら駆けていく。
　付き合って約１カ月。
　今日はふたりで某大型遊園地に来ていた。
　付き合ってからは初めての、デートらしいデート。
　いつもふたりで放課後どこかに寄ったり、お互いの家に行ったりはするものの、こうして遠出をするのは初めてで。
　アユに「どこ行きたい？」と聞かれて、まっ先にあたしがリクエストしたのは、とある大ヒット恋愛映画のロケで使われた、この遊園地だった。
　流行りの少女マンガの実写版で、ふたりがデートするシーンに出てくるこの場所。
　今日もたくさんのカップルでいっぱいだ。
　遊園地なんて久しぶりなうえに、デートで来るのは初めてなあたしは、朝から大はしゃぎ。
「あのトロッコみたいなのもいいよね！　大迷路もおもしろそう！　アユはどれがいい？」
「なんでもいいよ。美優の好きなやつで」
　それに連れまわされるアユは、すでに少々お疲れ気味。
　今だって、コーヒーカップに一緒に乗ったら、あたしが調子にのって回しすぎみたいで、げっそりとした顔で出てきたところだった。

「……あれ？　大丈夫？　なんか顔色わるいよ」
「いや……お前のせいだろ。だいたいお前、グルグル回しすぎなんだよ。吐くかと思ったじゃねーかよ」
「あはは。ごめんごめん〜！　だって楽しくて」
　デートで遊園地なんて初めてだから、思わずはしゃいじゃったんだもん。
　アユはそんなあたしを見て、やれやれ、なんてため息をついている。
　たしかに今のは、調子にのりすぎたよね。自分でも目が回ったもん。
　だけど、呆れた表情ながらも、アユの顔は優しくて。
「まぁべつに、お前が楽しいならいいけど」
　なんて言いながら笑ってくれた。
　相変わらずハイテンションなあたしに、文句を言いながらも付き合ってくれる彼は、やっぱりすごく優しい。
　なんだかんだ、面倒見のいいアユ。
　そういうところ、大好き。
　今日は一日、こうしてふたりでいられるから、せっかくの遊園地だし、思いきり楽しめたらいいなって思ってた。

　ふたり手を繋ぎながら、アトラクションをいろいろ回る。
　広い敷地の中にはたくさんの乗りものがあって、なにに乗ろうか迷ってしまうくらいで、あたしとアユはマップを見ながら一つずつそれを制覇していった。
　ジェットコースターに、メリーゴーランドに、お化け屋

敷に……。
　だけど、なんといっても、この遊園地の目玉は、中央にそびえ立つ大観覧車。
　実はその恋愛映画で使われる前から、この遊園地にはとあるジンクスがあって。
　ありきたりだけど、ここの大観覧車の頂上でカップルがキスをすると、永遠に結ばれるというもの。
　最近雑誌の恋愛スポットで特集されていて、それを見たあたしは絶対に乗ろうと決めていた。
　だって、せっかく両想いになれたんだから、少しでも長く一緒にいたいし……。
　アユはどちらかといえば、こういうのをバカにするタイプだけど、あたしはジンクスとかなんでも試してみたいタイプ。
　映画の影響もあって、ぜひそれにあやかりたいと思っていた。

　ひととおりアトラクションを満喫したところで、アユを引きつれてやってきた観覧車の前。
　ジンクスや映画で話題というだけあって、やっぱりすごく混んでいる。
　１時間待ちなんていう表示がされているくらいだし。
　だけどここにきて、それとはべつに、とある大きな問題が発生していた。
「おいお前、ホントに大丈夫なのかよ……」

アユが心配そうに顔を覗きこんでくる。
　あたしはアユの手をぎゅっと強く握りながら、言いきかせるように答えた。
「うん……。だ、大丈夫……！」
「いや、大丈夫に見えねぇから」
　観覧車の長蛇の列を目の前にして、立ちどまる。
　ビクビクしながら、その最後尾に並ぼうと踏みだしたところ、アユに引きとめられた。
「お前高いとこ、ダメなんだろ。ムリすんなよ」
　……そう。なにが問題かって、それは。
　実はあたし、高いところが大の苦手……。
　いわゆる高所恐怖症というやつで、観覧車なんてこわくてほとんど乗ったことがないのだった。
　１年の時に学校で行った社会科見学でも、展望台の上でひとり悲鳴を上げていたくらいで。
　それを知っているアユだから、あたしがムリして乗ろうとするのを、止めてくれるのもわかる。
　だけど、
「でも……、ジンクスが」
「え？　ジンクス？　あぁ……」
「それにあの映画の観覧車、ずっと乗ってみたかったんだもん……」
　映画の中で主人公たちが、初めてのキスをした観覧車。
　あのロマンチックなキスシーンは、誰もが憧れたはず。
「今日はこれ目当てで来たんだし、乗らなかったら、あた

し一生後悔する気がする！」
　そうだよ。
　もしこの先アユとなにかあって、万が一別れちゃったりしたらさ、やっぱりあの時、観覧車に乗っておけばよかった……とか後悔するかもしれないじゃん。
　そんなこと考えたくないけれど……。
　いや、ありえないけど……！
　でもやっぱり、ジンクスってあたしは信じたいし！
　だけどアユは少し困った顔で。
「いやでも、そこまでして乗るか？」
　ムリしてるのがバレバレだから、あまり乗り気じゃないみたい。
「……の、乗る！　だって、これに乗ったカップルは、ずっと一緒にいられるんだよ？　ジンクス、信じたいじゃん！」
　あたしがドヤ顔で言いきったら、アユは目を丸くして、顔を赤くする。
　そしてボソッと。
「……べつに、そんなんしなくても、ずっと一緒にいるつもりだけど……」
「えっ？」
「いや、なんでもねぇよ」
　なんか今、うれしいことを言われたような気がしたけど、そのまま流された。
「でもまぁ……お前がそこまで言うなら、乗るか」
「うん！」

そしてアユがそう言ってくれたので、あたしたちはいざ観覧車に乗ることに。
　ドキドキしながら、長蛇の列の一番うしろにふたりで並んだ。

「……っわぁ！　揺れた！　落ちる〜！」
「落ちねぇよ」
　アユの手をしっかり握って、ゴンドラに乗りこむ。
　中に足を踏み入れた瞬間、グラッとしただけで冷や汗が出てきた。
　こわい……。
　まだまだ全然のぼっていないのに、足が震える。
「どうしよう……。ホントに乗っちゃったんだけど！」
　片側の席に隣り合わせに座る。
　ビクビクしながらアユの顔を見上げたら、彼は呆れたように笑っていた。
「お前が乗りたいっつったんだろ。大丈夫かよ。もう降りれねぇぞ」
「そういうこと、言わないでー！」
　アユはごく冷静に、だけどしっかりとあたしの手を握ってくれている。
　あたしはすでに手汗がやばいことになっていたけれど、それを気にしている余裕もなかった。
「……こえぇの？」
「うん……。こわい……」

「だから、ムリすんなっつったろ」
「だってぇ……。観覧車はこわいけど、憧れだったんだもん」
　繋いでいないほうの手で、アユの腕をぎゅっとつかむ。
　観覧車は密室(みっしつ)で、カップルには最高のシチュエーションとかいうけれど、残念なことにそれどころじゃなくて。
　こんなのでキスとか、できるのかな……。
　そもそも頂上まで心臓がもつかしら。
　そんなことをいろいろ考えていたら、ゴンドラが風で少しグラッと揺れた気がした。
「……ひいっ!!」
　あたしはもうそれだけで、ビビりまくり。
「アアアアアユ……っ!　手離さないでね!　絶対!!」
　涙目でアユに懇願(こんがん)したら、アユはそんなあたしを見てクスッと優しく笑った。
「大丈夫。離さねぇよ」
　ぎゅっと手に力がこもる。
　アユの大きな手の温もり。
　なんだかいつも以上に頼もしく見えて。
　アユはこうやっていつも、ひとりで大騒ぎしているあたしを、呆れながらも見まもってくれるんだ。
　ジンクスだって、最初はバカにしていたのに、なんだかんだ付き合ってくれて、やっぱり優しいなぁって思った。
　好きだなぁ……。

　ゴンドラはゆっくりと上昇している。

アユはなぜかさっきから、窓の外をずっと眺めていて。
　それを見たらあたしも気になって、おそるおそる窓の外に目をやってみた。
　下を見たらこわいから見ないけど、せっかくだから景色はチラッと見ておきたいし、今どのへんにいるのかくらいは知りたい。
　だけど、どうしても外を覗くと地上が視界に入る。
　……ビクッ！
　こんなにもうのぼってきたんだと思ったら、またこわくなって、思わずソッコーで目をそらした。
　バカバカ。
　なにやってんのあたし……。
　自爆行為だ。
　するとそれに気づいたアユが、ふいに片方の手をあたしの肩に回す。
　……え？
　そしてそのままぎゅっと抱きよせられて、あたしの体はアユの片腕の中にすっぽりおさまった。
　ドキン……。
「……アホ。外見んなよ。こわいんだろ」
　アユの胸に顔をうずめるかたちになって、なにも見えなくなる。
「う……うん……」
「くっついてれば」
　思わぬ不意打ちに、心臓が別の意味でドキドキした。

わぁ……。
　さりげなく抱きしめられちゃった……。
　耳もとでアユの心臓の音が聞こえる。
　アユもすごくドキドキいってるのがわかる。
　どうしよう……。
　なんか……よく考えたら、これってなかなかすごい状況なんじゃ……？
　だけど、不思議とすごく安心している自分がそこにいて。
　こうしていれば、ここが観覧車の中だとか、自分が今高い場所にいるってことを、少しだけ忘れられそうだった。
「あーでも……意外と眺めいいな」
　アユが外を見ながらつぶやく。
「え、ホント？」
「わーすげー。さっき乗ったコースター、意外と長ぇんだな」
「うそぉ……」
「なんかあのへん、人だかりができてんぞ。人間がちっせぇ」
　まるで実況してるかのように、いつになくよくしゃべるもんだから、だんだんとまた窓の外が気になってきた。
「え……、そんなに眺めいいの？」
「うん」
「……いいなぁ。ちょっと見たい」
「見てみれば？」
　そう言われて、無意識に顔を上げる。
「うん」
　だけど、その瞬間気がついた。

「……って、見れないから〜！　ついさっき、外見んなって言ったのアユじゃん……！」
　危うくまた外を覗いて、足が震えるところだったよ。
「……ぷぷ、つられてんじゃねーよ」
　アユはそんなあたしのリアクションを見て、吹きだすように笑っている。
「もう、アユのバカー！」
「はは」
　完全におもしろがっているよね。
　こっちは本気でこわいのに〜！
　だけどそうやってじゃれ合っていたら、なんだかだんだんこわいって意識が薄れてきて、少しずつ慣れてきたような気がした。
　ゴンドラは静かにゆっくりと回りつづける。
　もちろん相変わらず窓の外は見れないけれど……。
　でもだからって、早く降りてしまいたい、というわけでもない。
　アユとふたりきりで手を繋ぎながら、肩を寄せあっているこの時間が心地よくて、もっと続けばいいのにとも思ってしまう。
　変だな、あたし……。
　最初はあんなにこわくてビビってたのに。
　これもアユのおかげかな。
　だけどそこでまた急に、ゴンドラがグラッと一瞬揺れたような気がして。

あたしがビクッと肩を揺らしたら、アユがなにか気がついたように、窓の外に目をやった。
「あ、そろそろてっぺんだな」
「……ウソっ」
　その言葉にまた恐怖が押しよせる。
　てっぺん……てことは、一番高いってことだよね？
　やばいやばい、今外を見たら、あたし……叫ぶ。
「で、どうすんの？」
「……え？」
　どうするって……？
「いや、だってなんか、ジンクスあんだろ。頂上でキスするとなんとかっていう……」
「……あぁ！」
　危うく忘れるところだった。
　そうだそうだ。一番大事なこと……。
「そうだよ……って、よく覚えてたね？」
「お前が雑誌見て言ってたんだろ」
　うわぁ……。アユったら、ちゃんとそれを覚えていてくれたんだ。
　なんか恥ずかしいな……。
「……そうだった。えっ、でも……、ホントにしてくれるの……？」
　キス……。
　あたしがドキドキしながら聞いたら、アユは少し顔を赤らめながら答える。

「だってお前、そのために乗ったんじゃねぇの?」
「そ、そうだけど……」
　いざそう言われたら、めちゃくちゃ恥ずかしくなってきたよ。
　アユは恥ずかしくないのかな……?
　思わず目が泳いでしまう。
「え……なんか……いざとなると、かなり恥ずかしいよね。コレ……」
　よく頂上でキスしているカップルがいるとは聞くけどさ、マンガとかでもよくあるけどさ。
　いざそれを自分がするとなると、話は別だ。
「だ、だって……このゴンドラ、けっこう外から丸見えじゃない?　ガラス張りだし……」
　まるでわざと話をそらしているかのよう。
「べつに、誰も見てねぇだろ」
「そ、それにほらっ、しようって言ってするのって、なんか余計に恥ずかしいっていうか……」
　自分で言いだしたくせに、直前になって躊躇するあたしは、そうとう迷惑な奴かもしれない。
　だけどあまりの恥ずかしさと緊張から、思わず下を向いてしまう。
　アユは無言のまま、無表情でこちらを見ている。
　呆れられたかな……?
　ごめんね。
　ど、どうしよ……。

すると次の瞬間、ふいに彼の手が伸びてきて……。
　　そのままグイッと顎をすくい上げられた。
「……んっ」
　　一瞬にして奪われた唇。
　　柔らかい感触がして、すぐにそれが離れたかと思えば、あたしを見下ろすようにしてアユが笑っていた。
「……バーカ。今さら恥ずかしがってんじゃねぇよ」
　　……ドキンッ。
　　不意打ちのキスに、心臓が飛びはねる。
「な……っ、ちょっ……、アユっ？」
　　心の準備ができてなさすぎて、思わず声がひっくり返ってしまったくらい。
　　アユはあたしから手を離すと、こちらをじっと見つめながら、さらに距離を詰めてくる。
　　それにますますドキドキして。
「だってお前……高いとこ苦手なくせに、わざわざムリして乗ったんだろ」
「そ……そうだけど……っ」
「それに、さっきからこんな密室でずっとくっつかれてる、俺の身にもなってくんない？」
「……え？」
「気いまぎらわすの、大変だったんだけど」
「……っ!?」
　　え……それは……なに。
　　思いがけないセリフに、また顔がボッと熱くなる。

「キスくらい……してもいいだろ」

　アユはそうつぶやくと、いつになく色っぽい目つきで、あたしの頬に手を添える。
「え、ちょ……っ、アユ。待っ……」
　そしてゆっくりと顔を近づけてきたかと思うと、
「……んっ」
　再び優しく唇を奪った。
　──ドクン、ドクン……。
　アユの唇から伝わる熱に、体中の温度がどんどん上がっていくのがわかる。
　優しく唇が触れて、離れたかと思えば、またすぐに触れて……。
　そんな甘いキスを何度もくり返しているうちに、ゴンドラは地上へ向かってゆっくりと降下しはじめた。
　もう……なにも考えられない……。
　そういえば、いつの間にか頂上を過ぎたんだっけ。
　あたし、実は今すごく高い場所にいるんだよね？
　そんなこともわからないくらいに、頭の中がアユでいっぱいになって。
　とけてしまいそう……。
　これじゃ、別の意味で心臓がもたないよ……。
「……はぁ」
　唇が離れると、お互い乱れた息を整える。
　目が合うと、アユはあたしをじっと見つめながら、髪を優しく撫でてくれた。

「美優……」
　名前を呼ばれるだけで、ドキドキする。
　吸いこまれそうな黒い瞳。
「……すげぇ、かわいい」
　そう言いながら、またぎゅっと抱きしめられて、体温がさらに上昇した。
　なんかもう、やばいかも……。
　心臓こわれちゃいそう。
　──ドクン、ドクン……。
　アユの心臓の音とあたしの心臓の音が、混ざって聞こえてくる。
「……こうしてれば、こわくねぇだろ」
「う……うん……」
　アユの言うとおりだ。
　ドキドキしすぎて、こわいのなんて忘れちゃったよ。
　アユの背中に手を回して、ぎゅっと力をこめる。
　あたしはぬくもりと幸せをかみしめながら、このままずっとアユと一緒にいられますようにって、心の中で静かに唱えた。

「お疲れ様でしたー！」
　スタッフに見おくられてゴンドラを降りる。
　その瞬間、あたしは無事地上に戻ってこれたことにホッとして、胸を撫でおろした。
「……はぁ、よかったぁ〜」

なんだかんだアユのおかげで、ジンクスも実行できたし、これでもう悔いはない。
　まぁ、いろんな意味で心臓にわるかったし、思い出すと恥ずかしいけど……なんてったって今日はデートだしね。
　いい思い出ができたかなぁ……なんて。
「このあと、どうする？」
　アユが手を繋ぎながら尋ねてくる。
　あたしはそろそろお腹もすいてきたし、できればなにか食べにいきたいなぁなんて思ってた。
　だけど、それをアユに伝えようとした瞬間、
「わーっ！　さっきのカップルだ！」
　すぐうしろから女の子の声がして。
　振り返るとそこには、あたしたちと同い年くらいに見えるカップルの男女が立っていた。
　彼女のほうがチラチラとこちらを見て、なにかしゃべっている。
　そしたら彼氏が彼女に向かって、シーッと人差し指を立てるのが見えた。
　……えっ、なになに？
　さっきのカップルって、どういう意味？
　あたしたちのこと、話してるの？
　あたしがきょとんと立ちつくしていると、アユがボソッとつぶやく。
「……あのカップルたしか、さっき俺らのうしろに並んでたよな」

「えっ!?」
　それを聞いてハッとする。
　うしろに並んでいたカップル……ってことは、観覧車で隣のゴンドラに乗っていた人たちってこと？
　てことは、もしや……。
「……っ、やだ！　アユ、どうしよ……！」
「え？」
「あの人たち、今すごいこっちジロジロ見て、なにかしゃべってたよね……。やっぱりアレ……さっきの、見られてたのかも……」
「は？　アレって？」
「だ、だから、アレ……っ」
　アユの耳もとで小さくささやく。
「か、観覧車で……キス……してたの」
　うぅ～、恥ずかしすぎる！
　そしたらアユは、一瞬ギョッとして赤くなってたけど、
「あーもう……べつにいいんじゃね。今さら」
「えっ？」
　意外にも、あまり気にしていない様子。
「どうせみんな、同じことしてんだろ。見られたところで減るもんじゃねえし」
「え……うん。まぁ……」
　そのとおりなんだけどね。
「それに俺は正直、うれしかったから。お前がジンクスのために、ムリしてまで観覧車に乗りたいっつったの」

「……えっ」
　アユはそう言って立ちどまると、振り返ってあたしの顔をじっと覗きこむ。
「だってつまり……ずっと一緒にいてくれんだろ？」
　……ドキッ。
　確認するかのように聞かれて、思わず顔がかぁっと熱くなった。
「え……う……うん。たぶん……」
　だけど照れくさくて、あいまいに答えてしまうあたし。
　そしたら、すかさずデコピンされて。
「……ひゃっ！」
「おい。たぶんってなんだよ」
「痛い〜！　冗談だよ〜」
　……ウソです。
　ずっと一緒にいたいに決まってるよ。ごめんね。
　するとアユは、そのままあたしの手をグイッと引きよせると、耳もとに顔を近づけて……。
「まぁジンクスとか関係なく、俺は一生離すつもりなんかねぇけど」
「……えっ！」
　そう言って不敵な笑みを浮かべる彼に、こんなにもドキドキさせられているあたしは、もうすっかりハートをつかまえられていると思う。
　どんどん膨らむ愛しい気持ち。
　いつの間にかこんなにも、大きくなってた。

まだまだ始まったばかりのあたしたちだけど、これからもずっと、アユの隣で、こうして笑っていられたらいいな……。
　そんなことを思いながら、繋いだ手をぎゅっと握りかえした。

＊特別書き下ろし番外編fin.＊

あとがき

初めまして！　青山そららです。

このたびはたくさんある本の中から、『いいかげん俺を好きになれよ』を手に取ってくださって本当にありがとうございます！

この作品はありがたいことに、「野いちごグランプリ」でピンクレーベル賞という素晴らしい賞をいただくことができました。もったいないほどの賞をいただき、いまだに信じられない気持ちでいっぱいです。

ですが、このような機会に恵まれたのもすべて、読んでくださった読者様、応援してくださった皆様のおかげだと思っています。自分の書いた作品を、こうして多くの方に読んでいただけるのは本当に幸せです。

アユと美優の恋は、友達以上恋人未満の関係が、あるきっかけで少しずつ恋に変わっていく、というのを自分なりに理想を詰めこんで書いてみたものです。

とくに男の子をカッコよく書きたい！と思って書いたので、読者の皆様に感想ノートやレビューでアユをカッコいいと褒めていただけた時は、とてもうれしかったです。

この作品を読んでくださった方が、少しでもキュンキュンしたり、楽しいと思ってくださったのなら、これ以上の